TORDSILHAS

Edwin Abbott Abbott

Plano
lândia

Um romance de muitas dimensões

TORDESILHAS

Planolândia

Nenhuma dimensão
• Pontolândia

Um romance
de muitas dimensões

Uma dimensão
— Linhalândia

Duas dimensões
☐
Planolândia

Três dimensões
⌂
Espaçolândia

Com Ilustrações do Autor,
um quadrado

Edwin Abbott Abbott

Tradução: Rogerio W. Galindo

Copyright © 2021 Tordesilhas
Título original: *Flatland: A Romance of Many Dimensions*

Todos os direitos reservados. Nenhuma parte desta edição pode ser utilizada ou reproduzida – em qualquer meio ou forma, seja mecânico ou eletrônico –, nem apropriada ou estocada em sistema de banco de dados, sem a expressa autorização da editora. O texto deste livro foi fixado conforme o acordo ortográfico vigente no Brasil desde 1º de janeiro de 2009.

CAPA E PROJETO GRÁFICO Amanda Cestaro
IMAGEM DE CAPA Sue Doeksen
REVISÃO Bárbara Prince e Elisa Martins
PREPARAÇÃO Giovana Bomentre
1ª edição, 2021

Dados Internacionais de Catalogação na Publicação (CIP)
(Câmara Brasileira do Livro, SP, Brasil)

Abbott, Edwin Abbott, 1838-1926
Planolândia : um romance de muitas dimensões / Edwin Abbott Abbott ; [tradução Rogerio Galindo]. -- São Paulo : Tordesilhas, 2021.

Título original: Flatland : a romance of many dimensions
ISBN 978-65-5568-019-5

1. Ficção científica inglesa 2. Quarta dimensão I. Título.

21-56849 CDD-823.914

Índices para catálogo sistemático:
1. Ficção científica : Literatura inglesa 823.914
Cibele Maria Dias - Bibliotecária - CRB-8/9427

2021
Tordesilhas é um selo da Alaúde Editorial Ltda.
Avenida Paulista, 1337, conjunto 11
01311-200 – São Paulo – SP
www.tordesilhaslivros.com.br

 /Tordesilhas   /Tordesilhaslivros
blog.tordesilhaslivros.com.br

Para
Os habitantes do ESPAÇO EM GERAL
E para H.C. EM PARTICULAR
Esta obra é dedicada
Por um humilde nativo da Planolândia
Na esperança de que
Tendo ele se iniciado nos mistérios
Das TRÊS dimensões
Estando anteriormente familiarizado
Com somente duas
Os cidadãos daquela região celestial
Possam aspirar ainda mais alto
Aos segredos das QUATRO, CINCO OU MESMO SEIS dimensões
Contribuindo assim
Para a ampliação da IMAGINAÇÃO
E para o possível desenvolvimento
Daquele raríssimo e superior dom da MODÉSTIA
Entre as Raças Superiores
Da SÓLIDA HUMANIDADE

Sumário

Prefácio à segunda edição revisada, do editor 8

Parte I – Este mundo 17
1. Da Natureza da Planolândia 19
2. Do Clima e das Casas na Planolândia 23
3. Sobre os Habitantes da Planolândia 27
4. Sobre as Mulheres 33
5. Dos nossos Métodos para Reconhecermos uns aos outros 41
6. Do Reconhecimento pela Visão 49
7. Das Figuras Irregulares 58
8. Sobre a Antiga Prática da Pintura 64
9. Sobre a Lei da Cor Universal 69
10. Da Supressão da Sedição Cromática 75
11. Sobre nossos Sacerdotes 82
12. Sobre a Doutrina de nossos Sacerdotes 87

Parte II – Outros Mundos 97
  13 Como eu tive uma Visão da Linhalândia 99
  14 Como tentei explicar em vão a natureza da Planolândia 107
  15 Sobre um Estrangeiro da Espaçolândia 116
  16 Como o Estrangeiro se esforçou em vão para me revelar em palavras os mistérios da Espaçolândia 122
  17 Como a Esfera, tendo em vão tentado palavras, recorreu a atos 138
  18 Como fui a Espaçolândia, e o que vi lá 142
  19 Como, embora a Esfera tenha me mostrado outros mistérios da Espaçolândia, eu seguia querendo mais; e o que resultou disso 150
  20 Como a Esfera me encorajou em uma Visão 162
  21 Como tentei ensinar a Teoria das Três Dimensões para meu Neto, e o grau de sucesso obtido 167
  22 Como tentei difundir a Teoria das Três Dimensões por outros meios, e o resultado obtido 172

Posfácio, por Ana Rüsche 180
Sobre o autor 191

Prefácio à segunda edição revisada

Do editor

Tivesse meu pobre amigo da Planolândia mantido o vigor mental de que gozava ao iniciar a redação destas memórias, não seria necessário que eu o representasse neste prefácio. Ele deseja, primeiramente, agradecer aos leitores e críticos da Espaçolândia, cujo reconhecimento exigiu, com inusitada celeridade, uma segunda edição desta obra; em segundo lugar, deseja desculpar-se por certos equívocos e erros ortográficos (pelos quais, no entanto, não é totalmente responsável); e, em terceiro lugar, deseja explicar uma ou duas ideias que foram mal compreendidas. Porém ele já não é mais o quadrado de outrora. Anos de cárcere e o fardo ainda maior da incredulidade e do escárnio generalizados somaram-se à decadência natural da velhice para apagar de sua mente muitos dos raciocínios e dos conceitos, e também de grande parte da terminologia que ele aprendeu durante sua breve estadia na Espaçolândia. Ele me pediu, portanto, que responda em seu nome a duas objeções específicas: uma de natureza intelectual, a outra moral.

A primeira objeção é que um habitante da Planolândia, ao ver uma Linha, vê algo que deve parecer *espesso* ao olho, além de *extenso* (caso não houvesse alguma espessura, não seria visível); por consequência, ele deveria (seguindo o raciocínio) reconhecer que seus compatriotas têm extensão e profundidade, mas também (embora sem dúvida num grau diminuto) *espessura* ou *altura*. Essa objeção é plausível e, para os habitantes da Espaçolândia, quase irresistível, de modo que quando a ouvi pela primeira vez, confesso que não soube como responder. Porém a resposta de meu pobre e velho amigo parece completamente satisfatória.

"Admito", disse ele, quando mencionei essa objeção. "Admito a verdade dos fatos apresentados pelo seu crítico, porém nego suas conclusões. É verdade que temos na Planolândia uma Terceira Dimensão não reconhecida, denominada 'altura', assim como é verdade que vocês de fato têm na Espaçolândia uma Quarta Dimensão não reconhecida, que não tem hoje qualquer denominação, mas a que chamarei de 'extra-altura'. Contudo não temos como tomar conhecimento de nossa 'altura', assim como vocês não teriam como tomar conhecimento de sua 'extra-altura'. Mesmo eu, que estive na Espaçolândia e tive o privilégio de compreender por vinte e quatro horas o significado da 'altura', mesmo eu não consigo compreendê-la, nem percebê-la pelo sentido da visão ou por qualquer outro processo racional: só consigo apreendê-la pela fé.

"O motivo é óbvio. Dimensão implica direção, implica mensuração, implica haver mais ou haver menos. Porém, todas as nossas Linhas são *igual* e *infinitesimalmente* espessas (ou altas, como preferir); por consequência, não existe nada nelas que leve nossa mente à concepção daquela Dimensão. Nenhum 'micrômetro delicado', conforme sugeriu um de meus apressados críticos da Espaçolândia, seria de qualquer valia para nós, pois nós não saberíamos *o que medir, nem em qual direção*. Quando vemos uma Linha, vemos algo que é extenso e *brilhante*; o *brilho*, assim como a extensão, é necessário para a existência de uma Linha;

caso o brilho desapareça, a Linha se extingue. Portanto, todos os meus amigos da Planolândia, quando falo com eles sobre a Dimensão não reconhecida que de algum modo é visível em uma Linha, dizem, 'Ah, você está falando do *brilho*'. E quando respondo 'Não, estou falando de uma verdadeira Dimensão', eles imediatamente rebatem: 'Então apresente uma medição; ou nos diga em que direção ela se estende'. E isso me silencia, pois não tenho como fazer nada disso. Ontem mesmo, quando o Sumo Círculo (em outras palavras, nosso Supremo Sacerdote) veio inspecionar a Penitenciária Estadual e me prestar sua sétima visita anual, e perguntou-me pela sétima vez 'Você está melhor?', tentei provar que ele era 'alto', assim como extenso e profundo, embora ele não o soubesse. Mas qual foi a resposta dele? 'Você diz que eu sou 'alto'; meça a minha 'altura' e acreditarei'. O que eu podia fazer? Como poderia responder a esse desafio? Fiquei arrasado e ele saiu triunfante da sala.

"Isso continua parecendo estranho? Então se coloque em uma posição semelhante. Imagine que uma pessoa da Quarta Dimensão, que aquiescesse em visitá-lo, dissesse, 'Toda vez que você abre os olhos, você *vê* um Plano (que é composto de Duas Dimensões) e *infere* um Sólido (que tem Três), mas na realidade você também vê (embora não reconheça) uma Quarta Dimensão, que não é cor nem brilho nem nada do gênero, mas uma verdadeira Dimensão, embora eu não possa lhe mostrar sua direção, nem haja maneiras para que a meça'. O que você diria a um visitante como esse? Não o colocaria na cadeia? Bem, esse é meu destino; e é tão natural para nós da Planolândia prender um Quadrado por pregar a Terceira Dimensão quanto será para vocês na Espaçolândia prender um Cubo por pregar uma Quarta. Ai de mim, que forte parentesco une a cega e perseguidora humanidade em todas as Dimensões! Pontos, Linhas, Quadrados, Cubos, Extra-Cubos: todos estamos expostos aos mesmos erros, todos igualmente Escravos de nossos respectivos preconceitos Dimensionais, como um de seus poetas da Espaçolândia disse: 'Um toque da Natureza torna todos os mundos semelhantes'".*

Nesta questão, a defesa do Quadrado me parece inexpugnável. Quisera poder dizer que a resposta dele à segunda objeção (a objeção moral) é igualmente clara e convincente. Trata-se da afirmação de que ele odeia Mulheres; e como essa objeção foi apresentada de maneira veemente por aquelas que, quis a Natureza, representam pouco mais da metade da raça da Espaçolândia. Eu gostaria de eliminá-la, até onde possa fazê-lo honestamente. Porém o Quadrado está a tal ponto desacostumado ao uso da terminologia moral da Espaçolândia que eu estaria cometendo uma injustiça caso transcrevesse literalmente sua defesa. Agindo, portanto, como seu intérprete e resumindo o que ele disse, entendo que ao longo de sete anos de prisão ele modificou seus pontos de vista tanto em relação às Mulheres como em relação aos Isósceles, ou Classes

---

■

* O Autor deseja que eu acrescente que a compreensão equivocada de algumas de suas críticas sobre esse assunto o induziram a inserir (nas páginas 126-129 e 154-158), em seu diálogo com a Esfera, certas observações que têm relação com o ponto em questão, e que ele havia anteriormente omitido por considerá-las tediosas e desnecessárias.

Inferiores. Pessoalmente, ele hoje tende à opinião da Esfera (ver página 146) de que as Linhas Retas são em muitos aspectos importantes superiores aos Círculos. Porém, escrevendo como Historiador, ele se identificou (talvez demais) com os pontos de vista em geral adotados pelos Historiadores da Planolândia e (segundo ele foi informado) até mesmo da Espaçolândia, em cujas páginas (até épocas muito recentes) os destinos das Mulheres e das massas da humanidade raramente foram vistos como dignos de menção e jamais considerados com cuidado.

Em uma passagem ainda mais obscura, ele agora deseja rejeitar as tendências circulares ou aristocráticas naturalmente creditadas a ele por certos críticos. Embora faça justiça ao poder intelectual com que alguns poucos Círculos mantiveram por muitas gerações sua supremacia sobre quantidades colossais de seus compatriotas, ele acredita que os fatos da Planolândia, falando por si sem comentários de sua parte, declaram que Revoluções nem sempre podem ser sufocadas por meio de massacres, e que a Natureza, ao condenar os Círculos à infecundidade, condenou-os em última instância ao fracasso – "e aqui", ele diz, "vislumbro o cumprimento da grande Lei de todos os mundos, segundo a qual enquanto a sabedoria do Homem pensa estar trabalhando em uma coisa, a sabedoria da Natureza o leva a trabalhar em outra, bastante diferente e bem melhor". Quanto ao resto, ele suplica a seus leitores que não suponham que cada minúcia na vida cotidiana da Planolândia deva corresponder a algum outro detalhe na Espaçolândia; e, no entanto, ele espera que sua obra, tomada como um todo, possa se mostrar sugestiva, além de divertida, para os habitantes da Espaçolândia de mentes moderadas e modestas que – ao falar daquilo que é da maior importância, embora esteja além da experiência – recusam-se a dizer por um lado, "Não pode ser assim jamais", e por outro, "É necessário que seja precisamente assim, e sabemos tudo sobre isso".

1. Da Natureza da Planolândia

Chamo nosso mundo de Planolândia não porque nós o chamemos assim, mas para deixar sua natureza mais clara para vocês, meus felizes Leitores, que têm o privilégio de viver no Espaço.

Imagine uma imensa folha de papel com Linhas Retas, Triângulos, Quadrados, Pentágonos, Hexágonos e outras figuras que, em vez de permanecer fixas em seus lugares, movem-se livremente sobre a superfície, pela superfície ou na superfície, mas sem ter o poder de se elevar acima dela ou afundar-se abaixo de seu nível, numa situação bastante parecida com a das sombras – só que rígidas e com bordas luminosas –, e você então terá uma noção bastante correta de meu país e de meus conterrâneos. Ai de mim, há alguns anos, eu teria dito "meu universo"; porém agora a minha mente se abriu a pontos de vista mais elevados sobre as coisas.

Num país como esse, vocês perceberão ser impossível que exista algo próximo ao que vocês denominam "sólido"; porém, ouso dizer que vocês irão supor que pelo menos temos como distinguir visualmente os Triângulos, os Quadrados e as outras figuras, movendo-se do modo como descrevi. Pelo contrário, não podíamos ver nada desse tipo, pelo menos não de modo que permitisse distinguir uma figura da outra. Nada era visível, nada podia ser visível, para nós, exceto Linhas Retas; e vou demonstrar rapidamente por que ocorre necessariamente assim.

Coloque uma moeda de um centavo no meio de uma de suas mesas no Espaço; e se debruçando sobre a moeda, olhe para ela. Vai parecer um círculo.

Porém agora, recuando para a borda da mesa, abaixe gradualmente os olhos (colocando-se assim cada vez mais na condição dos habitantes da Planolândia), e você verá a moeda se tornar cada vez mais oval à sua visão; e, por fim, quando estiver com os olhos exatamente na borda da mesa (como se fosse, por assim dizer, de fato um habitante da Planolândia) a moeda já não mais parecerá oval e terá se tornado, do seu ponto de vista, uma linha reta.

O mesmo aconteceria se você tratasse da mesma maneira um Triângulo ou um Quadrado, ou qualquer outra figura cortada em papelão. Assim que que você a observa da borda da mesa, descobrirá que deixa de parecer uma figura e passa a ter a aparência de linha reta. Pegue, por exemplo, um Triângulo Equilátero – que para nós representa um Comerciante da classe respeitável. A Figura 1 representa o Comerciante como você o veria ao se debruçar sobre ele; as Figuras 2 e 3 representam o Comerciante como você o veria com os olhos próximos ao nível da mesa ou quase no mesmo nível; e se seus olhos estivessem exatamente no nível da mesa (e é assim que nós o vemos na Planolândia), você nada veria além de uma linha reta.

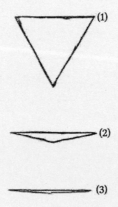

Quando estive na Espaçolândia, ouvi que os marinheiros de vocês têm experiências muito semelhantes ao cruzar seus mares e discernir no horizonte alguma ilha ou costa distante. A terra longínqua pode ter baías, promontórios, ângulos internos e externos em qualquer quantidade e extensão; no entanto, a distância não se vê nada disso (a não ser que o seu sol brilhe intensamente sobre eles, revelando as projeções e os recuos por meio de luz e sombra), discernindo-se apenas uma linha cinza contínua sobre a água.

Pois bem, é isso exatamente o que vemos quando um de nossos conhecidos triangulares ou de outro tipo vem em nossa direção na Planolândia. Como não temos sol, nem qualquer tipo de luz que produza sombras, não contamos com nenhum dos auxílios para a visão que existem na Espaçolândia. Se um amigo se aproxima, vemos sua linha ficando maior; se ele se afasta, a linha se torna menor. Porém, ainda aí ele parece uma linha reta; seja ele um Triângulo, um Quadrado, um Pentágono, um Hexágono, um Círculo, o que for – ele parecerá uma Linha Reta e nada mais.

Talvez você possa perguntar como, sob essas circunstâncias pouco vantajosas, somos capazes de distinguir nossos amigos entre si; porém a resposta a essa pergunta bastante natural será dada de modo mais fácil e apropriado quando eu vier a descrever os habitantes da Planolândia. Pelo momento, deixe-me adiar este assunto e dizer uma ou duas palavras sobre o clima e as casas de nosso país.

2. Do Clima e das Casas na Planolândia

Assim como no caso de vocês, temos quatro pontos cardeais: Norte, Sul, Leste e Oeste.

Não havendo sol nem outros corpos celestes, é impossível para nós determinar o Norte do seu modo usual; porém temos um método próprio. Por uma Lei da Natureza à qual estamos submetidos, há uma constante atração para o Sul; e embora nos climas temperados ela seja muito suave – a ponto de até mesmo uma Mulher em condições razoáveis de saúde poder percorrer centenas de metros rumo ao Norte sem grande dificuldade –, o efeito de resistência causado pela atração para o Sul é o suficiente para servir como bússola na maioria das partes de nosso país. Além disso a chuva (que cai em intervalos preestabelecidos) vem sempre do Norte, o que é um auxílio adicional; e nas cidades temos a orientação das casas, que evidentemente têm na maioria dos casos suas paredes laterais dispostas no Norte e no Sul, de modo que os telhados protejam contra a chuva. No campo, onde não há casas, os troncos das árvores servem como uma espécie de guia. No geral não temos tanta dificuldade como se poderia esperar para determinar nossa localização.

No entanto, em nossas regiões mais temperadas, nas quais a atração para o Sul mal é sentida, andando por vezes numa planície de todo erma em que não havia casas nem árvores para me orientar, algumas vezes me vi forçado a permanecer parado por horas a fio, esperando que a chuva viesse antes de seguir minha jornada. A atração se faz sentir muito mais para os fracos e idosos, e especialmente para as Fêmeas delicadas, do que para os indivíduos robustos do Sexo Masculino, sendo inclusive uma questão de educação, caso você encontre uma Dama na rua, sempre oferecer a ela o lado Norte do caminho – o que de modo algum é fácil de se fazer rapidamente quando você não está bem de saúde e se encontra em um clima onde é difícil distinguir entre Norte e Sul.

Não existem janelas em nossas casas, pois a luz incide da mesma maneira dentro das casas e fora delas, tanto durante o dia como à noite, do mesmo modo sempre e em todo lugar, saibamos disso ou não. Nos velhos tempos, esse era um tema que nossos eruditos consideravam interessante e investigavam frequentemente: "Qual é a origem da luz?", e tentou-se encontrar a resposta para essa pergunta repetidas vezes, sem outro resultado além de lotar nossos asilos para lunáticos com os que se candidataram a solucionar o mistério. Portanto, depois de infrutíferas tentativas de suprimir tais investigações indiretamente, ao torná-las passíveis de uma pesada tributação, o Legislativo, em tempos relativamente recentes, baniu-as de vez. Eu – ai de mim, apenas eu em toda a Planolândia – sei agora bem demais a verdadeira solução para esse misterioso problema; porém não há como tornar meu conhecimento inteligível para um único conterrâneo; e zombam de mim – de mim, o único detentor das verdades do Espaço e da teoria da introdução da luz a partir do mundo de Três Dimensões – como se eu fosse um louco varrido! Mas façamos uma pausa nessas dolorosas digressões; deixem-me retornar a nossas casas.

A forma mais comum para a construção de uma casa é a de cinco lados ou pentagonal, como na figura em anexo. Os dois lados Norte TE, TO, compõem o teto, e na maior parte das vezes não têm portas; no lado Leste há uma pequena porta para as Mulheres; no Oeste, uma porta muito maior para os Homens; o lado Sul ou piso, em geral, não tem portas.

Casas quadradas e triangulares não são permitidas, e pelo seguinte motivo. Os ângulos de um quadrado (e mais ainda os de um Triângulo Equilátero) são muito mais agudos do que os de um Pentágono, e as linhas de objetos inanimados (como as casas) são mais escuras do que as linhas de Homens e Mulheres. Assim, não é pequeno o perigo de que as pontas de uma residência quadrada ou triangular causem sérios ferimentos a um viajante descuidado ou distraído que trombe com elas de repente; e portanto, já no século XI de nossa era, as casas triangulares foram universalmente proibidas pela Lei, sendo as únicas exceções as fortificações, paióis de pólvora, quartéis e outros prédios governamentais, dos quais não é desejável que o público em geral se aproxime sem circunspecção.

Nesse período, casas quadradas ainda eram permitidas em toda parte, embora fossem desestimuladas por um imposto especial. Porém, cerca de três séculos mais tarde, a Lei decidiu que em todas as cidades com população acima de dez mil habitantes, o ângulo de um Pentágono era o menor que se poderia ter em uma casa compatível com a segurança pública. O bom senso da comunidade apoiou os esforços do Legislativo; e agora, mesmo no campo, as construções pentagonais suplantaram todas as outras. E só ocasionalmente em algum distrito agrícola muito remoto e atrasado que um amante do passado ainda pode encontrar uma casa quadrada.

3. Sobre os Habitantes da Planolândia

O maior comprimento ou largura de um habitante adulto da Planolândia pode ser estimado em cerca de vinte e sete centímetros. Trinta centímetros pode ser considerada a extensão máxima.

Nossas Mulheres são Linhas Retas.

Nossos Soldados e as Classes Inferiores de Trabalhadores são Triângulos com dois lados iguais, cada um com cerca de vinte e cinco centímetros de extensão, e uma base ou terceiro lado tão curto (frequentemente não ultrapassando um centímetro) que seus vértices formam um ângulo muito agudo e formidável. Na verdade, quando suas bases são do tipo mais degradado (não mais do que três milímetros de extensão), eles mal podem ser distinguidos de Linhas Retas ou Mulheres; eis o quanto são agudos os seus vértices. Entre nós, assim como entre vocês, esses Triângulos se distinguem dos demais por serem chamados de Isósceles; e por esse nome devo me referir a eles nas páginas seguintes.

Nossa Classe Média é composta de Triângulos Equiláteros ou de Lados Iguais.

Nossos Homens Profissionais e Cavalheiros são Quadrados (classe a que eu mesmo pertenço) e figuras de Cinco Lados, ou Pentágonos.

Logo acima desses vem a Nobreza, composta por vários graus. Ela começa com as Figuras de Seis Lados, ou Hexágonos, e a partir daí cresce em número de lados até o honorável título de Polígonos, ou figuras de muitos lados. Por fim, quando o número de lados se torna muito grande, e os lados se tornam muito pequenos, a ponto de a figura não poder ser distinguida de um círculo, ele passa a ser incluído na ordem Circular ou Sacerdotal; e essa é a mais alta classe de todas.

É uma Lei da Natureza entre nós que um filho do Sexo Masculino deva ter um lado a mais que seu pai, de modo que cada geração suba (como regra) um degrau na escala de desenvolvimento e de nobreza. Portanto, o filho de um Quadrado é um Pentágono; o filho de um Pentágono, um Hexágono; e assim por diante.

Porém essa regra nem sempre se aplica aos Comerciantes, e com menor frequência aos Soldados e aos Trabalhadores; que na verdade mal pode-se dizer que mereçam o nome de Figuras humanas, uma vez que não têm todos os lados iguais. Para eles, portanto, a Lei da Natureza não vale; e o filho de um Isósceles (ou seja, um Triângulo com dois lados iguais) segue sendo Isósceles. No entanto, nem toda a esperança está perdida, e mesmo a descendência de um Isósceles pode acabar se elevando dessa condição degradada. Pois, após uma longa série de sucessos militares ou de trabalhos diligentes e habilidosos, em geral descobre-se que os mais inteligentes indivíduos das Classes de Artesãos e Soldados manifestam um ligeiro aumento em seu terceiro lado ou base, e um encurtamento de seus outros dois lados. Casamentos (arranjados pelos Sacerdotes) entre filhos e filhas desses membros mais intelectualizados das Classes Inferiores em geral resultam em uma prole ainda mais próxima de Triângulos de Lados Iguais.

Raramente – em proporção ao vasto número de nascimentos de Isósceles – pais Isósceles produzem um Triângulo de Lados Iguais genuíno e certificável.* Um nascimento desse tipo exige, como antecedentes, não apenas uma série de casamentos cuidadosamente arranjados, como também um longo exercício de frugalidade e autocontrole da parte dos candidatos a ancestrais do vindouro Equilátero, e um paciente, sistemático e contínuo desenvolvimento do intelecto Isósceles ao longo de muitas gerações.

O nascimento de um Verdadeiro Triângulo Equilátero vindo de pais Isósceles é motivo de felicidade em nosso país por centenas de metros. Depois de rigoroso exame conduzido pelo Conselho Sanitário e Social, o bebê, caso seja certificado como Regular, é admitido em

■

* "Qual a necessidade de um certificado?" poderá perguntar um crítico da Espaçolândia. "Não será a procriação de um Filho Quadrado um certificado oferecido pela própria Natureza, provando que o pai possui Lados Iguais?" Respondo que nenhuma Dama, independentemente de sua posição, se casaria com um Triângulo não certificado. A prole Quadrada por vezes resulta de um Triângulo levemente Irregular; porém, em quase todos os casos desse gênero, a Irregularidade da primeira geração retorna na terceira; que ou falha em atingir a ordem Pentagonal, ou retorna à Triangular.

cerimônia solene na Classe dos Equiláteros. Ele então é imediatamente retirado de seus orgulhosos porém consternados pais e adotado por algum Equilátero sem filhos, que fica obrigado por um juramento a dali em diante jamais deixar que a criança entre em sua antiga casa ou mesmo que olhe para seus progenitores, por medo de que o organismo recém-desenvolvido possa, por força da imitação inconsciente, recair ao nível hereditário deles.

A emergência ocasional de um Isósceles das fileiras de seus ancestrais de origem servil é bem-vinda não apenas pelos pobres servos, como um raio de luz e esperança que ilumina a monótona miséria de sua existência, mas também pela Aristocracia em geral; pois todas as Classes Superiores estão bem conscientes de que esses raros fenômenos, embora pouco ou nada façam para banalizar seus privilégios, servem como uma utilíssima barreira contra a revolução vinda de baixo.

Caso toda a turba de ângulos agudos se visse absolutamente privada de esperanças e ambição, sem exceções, seria possível que encontrasse em algum de seus muitos surtos de insubordinação líderes hábeis o suficiente para transformar sua superioridade numérica e sua força em algo que nem mesmo a sabedoria dos Círculos pudesse refrear. Porém uma sábia disposição da Natureza decretou que, à medida que as classes trabalhadoras aumentam em inteligência, conhecimento e todas as suas virtudes, também aumentam na mesma proporção seu ângulo agudo (que os torna fisicamente terríveis), até se aproximarem do inofensivo ângulo do Triângulo Equilátero. Assim, nas mais brutais e formidáveis criaturas da Classe dos Soldados, quase niveladas às Mulheres em sua falta de inteligência, descobre-se que, à medida que eles crescem nas capacidades mentais necessárias para empregar seu tremendo poder penetrante de modo vantajoso, veem também minguar seu próprio poder de penetração.

Quão admirável é essa Lei da Compensação! E que perfeita prova de uma natural aptidão e, quase posso dizer, da origem divina da constituição aristocrática dos estados na Planolândia! Por meio de um uso perspicaz dessa Lei da Natureza, os Polígonos e Círculos são quase sempre capazes de reprimir a desordem logo no berço, tirando proveito da irrefreável e infinita esperança da mente humana. A arte também sai em auxílio da Lei e da Ordem. Em geral se descobre ser possível – por meio de uma ligeira compressão ou expansão artificial levada a cabo pelos médicos do Estado – tornar alguns dos mais inteligentes líderes de uma rebelião perfeitamente Regulares, e admiti-los imediatamente em uma das classes privilegiadas. Um número muito maior, ainda abaixo do padrão, seduzido pela perspectiva de se tornar nobre, é induzido a procurar os Hospitais do Estado, onde seu destino será um honorável confinamento perpétuo; apenas um ou dois dos mais obstinados, tolos e incorrigivelmente Irregulares são levados para execução.

Então a miserável turba dos Isósceles, sem planos e sem líderes, ou acaba transfixada sem resistência pelo pequeno número de seus pares que o Sumo Círculo mantém a soldo para emergências do tipo;

ou então, o que é mais frequente, por meio de invejas e suspeitas habilmente fomentadas entre eles pelo partido Circular, é levada a guerras internas, e acabam uns trespassados pelos ângulos dos outros. Nada menos de cento e vinte rebeliões estão registradas em nossos anais, além de insurreições menores que chegam a duzentas e trinta e cinco; e todas elas acabaram assim.

4. Sobre as Mulheres

Se nossos Triângulos pontudos da Classe dos Soldados são formidáveis, pode-se inferir que muito mais formidáveis são nossas Mulheres. Pois, se o Soldado é uma cunha, a Mulher é uma agulha; sendo, por assim dizer, *toda* pontas, pelo menos nas duas extremidades. Acrescente a isso o poder de se fazer invisível quando bem quiser, e você perceberá que uma Fêmea na Planolândia é uma criatura com a qual não se deve brincar.

Porém, aqui é possível que alguns de meus Leitores possam se perguntar *como* uma Mulher na Planolândia pode se tornar invisível. Isso deve ser evidente sem qualquer explicação. No entanto, poucas palavras elucidarão o assunto para os menos dados à reflexão.

Coloque uma agulha sobre uma mesa. Então, com os seus olhos no nível da mesa, observe-a de lado, e verá toda a sua extensão; porém olhe de uma das extremidades, e não verá nada além de um ponto: ela se tornou praticamente invisível. O mesmo acontece com as nossas Mulheres. Quando seu lado está virado para nós, o que vemos é uma linha reta; quando a ponta contendo seu olho ou boca – pois no nosso caso esses dois órgãos são idênticos –

é a parte voltada para nossos olhos, vemos apenas um ponto altamente brilhante; porém quando são as costas voltadas para nossos olhos, então – sendo essa ponta apenas levemente brilhante, e na verdade quase tão escura quanto um objeto inanimado – sua extremidade posterior serve para ela como uma espécie de Tampa Invisível.

Os perigos que as Mulheres representam para nós devem agora estar evidentes mesmo para as menores inteligências da Espaçolândia. Mesmo o ângulo de um respeitável Triângulo de classe média representa algum perigo: esbarrar em um Trabalhador causa laceração; colidir com um Oficial da Classe dos Militares gera ferimento sério. Se o mero toque do vértice de um Soldado Raso traz consigo risco de morte, o que pode significar colidir com uma Mulher, senão a absoluta e imediata destruição? E quando uma Mulher está invisível, ou visível apenas como um ponto pouco brilhante, quase escuro, como deve ser difícil, mesmo para os mais cautelosos, sempre evitar uma colisão!

Muitas são as leis aprovadas em diferentes momentos nos diferentes estados da Planolândia para minimizar tal perigo; e no Sul e em lugares de climas menos temperados, onde a força da gravidade é maior e os seres humanos estão mais suscetíveis a movimentos casuais e involuntários, as Leis referentes às Mulheres são naturalmente muito mais rigorosas. Uma visão geral do Código pode ser obtida a partir do seguinte resumo:

1. Toda casa deve ter uma entrada no lado Leste para uso exclusivo das Fêmeas, pela qual todas as

Fêmeas deverão entrar "de maneira adequada e respeitosa",* sem usar a porta Masculina, ou Ocidental.
2. Nenhuma Fêmea deve andar em lugares públicos sem emitir seu Sinal-de-Paz, estando sujeita à pena de morte em caso de desrespeito.
3. Qualquer Fêmea devidamente atestada de padecer da Dança de São Vito, convulsões, resfriado crônico acompanhado de espirros violentos, ou qualquer doença que leve a movimentos involuntários deve ser imediatamente destruída.

Em alguns estados existe uma Lei adicional proibindo que as Fêmeas caminhem ou fiquem paradas em espaços públicos sem mover as costas constantemente da direita para a esquerda de modo a indicar sua presença para aqueles que estejam atrás delas, e a violação dessa Lei é punida com a morte; outros estados obrigam a Mulher, quando em viagem, a se fazer seguir por um de seus filhos, ou por um criado, ou pelo marido; outros confinam as Mulheres a suas casas exceto durante as festas religiosas. Porém os mais sábios dentre nossos Círculos ou Estadistas descobriram que a multiplicação das restrições impostas às Fêmeas tende não apenas a debilitar e a diminuir a raça, como também a aumentar os assassinatos domésticos a ponto de um estado perder mais do que ganha com tais Códigos proibitivos.

∎

* Quando estive na Espaçolândia, compreendi que alguns de seus Círculos Sacerdotais têm do mesmo modo uma entrada separada para Aldeões, Fazendeiros e Professores de Internato (*Spectator*, set. 1884, p. 1.225) pela qual eles podem adentrar "de modo apropriado e respeitoso".

Pois sempre que o temperamento das Mulheres é assim exasperado pelo confinamento à casa ou pelas dificuldades impostas a elas fora de casa, elas tendem a descontar suas mágoas nos maridos e filhos. Em climas menos temperados, houve vezes em que toda a população do Sexo Masculino de uma aldeia foi destruída em uma ou duas horas de surtos femininos simultâneos. Assim as Três Leis, mencionadas nas páginas anteriores, bastam para os estados mais bem regulados e podem ser aceitas como um exemplo grosseiro de nosso Código Feminino.

No fim das contas, nossa principal salvaguarda se encontra não nas Leis, mas nos interesses das próprias Mulheres. Pois, embora possam causar morte instantânea por um movimento retrógrado, a não ser que elas consigam imediatamente desvencilhar a extremidade que causou o ferimento da vítima enquanto ela se debate, seu próprio corpo frágil pode se destroçar.

O poder da Moda também está do nosso lado. Ressaltei que em alguns estados menos civilizados não se aceita que Fêmeas fiquem em lugares públicos sem agitar sua parte traseira da direita para a esquerda. Essa prática tem sido universal entre as Damas que apresentem qualquer pretensão de reproduzir nos estados bem governados, desde quando a memória das Figuras é capaz de alcançar. É uma desonra para qualquer estado ter de regular algo que deveria ser, e o é em qualquer Fêmea respeitável, um instinto natural. A ondulação rítmica e, se posso dizer, bem modulada da parte traseira de nossas Damas da ordem Circular é invejada e imitada pela esposa de um Equilátero comum, que não consegue fazer mais do que um balanço monótono, semelhante ao de um pêndulo; e o balanço regular da Fêmea do Equilátero não é menos admirado e copiado pela esposa do Isósceles progressista e ambicioso, em cujas famílias as Fêmeas ainda não veem como necessidade vital qualquer tipo de "movimento posterior". Portanto, em toda família de boa condição e respeitada, o "movimento posterior" é tão prevalente quanto o próprio tempo; e os maridos e filhos dessas casas no mínimo gozam de imunidade contra ataques invisíveis.

Não que se deva supor por um momento sequer que nossas Fêmeas sejam destituídas de afeto. Porém, infelizmente, a paixão do momento predomina, no Sexo Frágil, sobre qualquer outra consideração. Isso, claro, é uma necessidade que surge de sua infeliz conformação. Pois como não têm pretensões de ângulo algum, sendo inferiores nesse sentido aos mais baixos Isósceles, por consequência são completamente privadas de inteligência e incapazes de reflexão, julgamento ou de previsão, além de quase não terem memória. Portanto, em seus acessos de fúria, elas não se lembram de direitos nem reconhecem qualquer distinção. Soube de um caso em que uma Mulher exterminou toda a sua família, e meia hora depois, quando sua fúria havia passado e os fragmentos haviam sido removidos, perguntou o que havia acontecido com o marido e com os filhos!

Obviamente, portanto, uma Mulher não deve ser provocada enquanto tiver possibilidade de se virar. Quando estiverem em seus apartamentos – construídos para impedi-las de fazer isso –, você poderá dizer e fazer o que quiser, pois elas então estarão totalmente impedidas de causar danos, e dentro de poucos minutos não se lembrarão do incidente pelo qual talvez o tenham ameaçado de morte, nem das promessas que você possa ter se obrigado a fazer para pacificá-las.

No geral nossas relações domésticas são bastante tranquilas, exceto nas camadas mais baixas da Classe dos Militares. Ali a falta de tato e discrição de parte dos maridos por vezes causa desastres indescritíveis. Ao confiar demais nas armas ofensivas de seus ângulos agudos em vez de preferir seus órgãos defensivos do bom senso e das simulações esporádicas, essas criaturas imprudentes com frequência negligenciam a forma prescrita para a construção dos apartamentos das Mulheres, ou irritam suas esposas com expressões inoportunas estando ao ar livre, e se recusam a se retratar imediatamente. Além disso, um contundente e impassível respeito pela verdade literal os indispõe àquelas pródigas promessas com as quais os mais judiciosos Círculos conseguem pacificar seu cônjuge num momento. O resultado é o massacre; no entanto, tem lá suas vantagens, uma vez que elimina os mais brutais e problemáticos dos Isósceles; e por muitos de nossos Círculos a capacidade destrutiva do Sexo Fino é vista como um dos muitos arranjos providenciais para reduzir a redundância populacional e cortar o mal da Revolução pela raiz.

No entanto, mesmo nas nossas famílias mais bem reguladas e mais próximas da forma circular, não posso dizer que o ideal da vida em família seja tão alto quanto o é entre vocês da Espaçolândia. Existe paz, na medida em que a ausência de chacina pode ser chamada por esse nome, mas existe um nível necessariamente baixo de harmonia de gostos e ambições; e a cautelosa sabedoria dos Círculos garantiu segurança ao custo do conforto doméstico. Em toda casa de família Circular ou Poligonal é hábito desde tempos imemoriais – e hoje se tornou uma espécie de instinto entre as Mulheres de nossas classes mais altas – que mães e filhas devam constantemente manter olho e boca virados para seu marido e seus amigos do Sexo Masculino; e para uma Dama de uma família distinta virar as costas para o marido seria visto como uma espécie de prenúncio, que lhe acarreta a perda de *status*. Porém, como em breve demonstrarei, esse costume, embora tenha a vantagem da segurança, tem lá suas desvantagens.

Na casa do Trabalhador ou do Comerciante respeitável – onde a esposa tem permissão para dar as costas ao marido, enquanto cuida de suas ocupações domésticas – existem pelo menos intervalos de tranquilidade, quando a esposa não é nem vista nem ouvida, exceto pelo zumbido do contínuo Sinal-de-Paz; porém, nas casas das Classes Superiores frequentemente não há paz. Ali, a boca volúvel e o olho brilhante e penetrante estão sempre voltados para o Mestre da casa; e a luz não é menos persistente do que o fluxo do discurso feminino. O tato e a habilidade que bastam para evitar uma ferroada feminina não se comparam à tarefa de parar a boca de uma Mulher; e como a esposa não tem absolutamente nada para dizer, e não conta com inteligência, razão ou consciência que a impeçam de dizê-lo, não são poucos os cínicos que disseram preferir o risco de uma ferroada mortal porém inaudível à sonoridade segura da outra extremidade de uma Mulher.

Para meus Leitores na Espaçolândia, a condição de nossas Mulheres poderá parecer realmente deplorável, e de fato o é. Um Macho do tipo inferior dos Isósceles pode esperar algum aprimoramento de seu ângulo, e acreditar na elevação final de toda a sua casta degradada; porém nenhuma Mulher pode ter tais esperanças para seu sexo. "Uma vez Mulher, sempre Mulher" é um Decreto da Natureza e as próprias Leis da Evolução parecem estar suspensas no que diz respeito a elas. No entanto, pelo menos podemos admirar a sábia condição que determina que, não tendo esperanças, elas não devem ter nem memória para lembrar nem capacidade para antecipar as misérias e humilhações que são a um só tempo necessidades de sua existência e base da constituição da Planolândia.

5. Dos nossos Métodos para Reconhecermos uns aos outros

Vocês, abençoados com sombras e luzes, vocês que têm a dádiva de possuir dois olhos, que são dotados com o conhecimento da perspectiva, e que têm a sorte de desfrutar de cores diversas, vocês que conseguem de fato *ver* um ângulo e contemplar a circunferência completa de um Círculo na feliz região das Três Dimensões – como poderei explicar para vocês a dificuldade extrema que nós na Planolândia experimentamos para reconhecer a configuração uns dos outros?

Lembre-se do que falei antes. Todos os seres da Planolândia, animados ou inanimados, independentemente de sua forma, têm *a nossos olhos* a mesma aparência, ou quase a mesma, a saber, de uma Linha Reta. Como então um pode ser distinguido de outro, se todos parecem ser o mesmo?

A resposta tem três partes. O primeiro meio de reconhecimento é o sentido da audição; que no nosso caso é muito mais desenvolvido do que entre vocês e que nos permite não apenas distinguir nossos amigos pessoais pela voz, como discernir até entre diferentes classes, pelo menos no que diz respeito às três ordens inferiores: os

Equiláteros, o Quadrado e o Pentágono – pois não levo em consideração os Isósceles. Porém, à medida que subimos na escala social, o processo de discernir e ser discernido por meio da audição se torna mais difícil, em parte porque as vozes se assemelham, em parte porque a discriminação das vozes é uma virtude plebeia não muito desenvolvida entre a Aristocracia. E sempre que há algum risco de impostura, não temos como confiar nesse método. Entre nossas ordens mais baixas, os órgãos vocais são desenvolvidos num grau que corresponde mais de perto ao desenvolvimento da audição, de modo que um Isósceles pode com facilidade reproduzir a voz de um Polígono e, com algum treinamento, até mesmo a de um Círculo. Portanto é comum que se recorra com maior frequência a um segundo método.

O *Tato* é, entre nossas Mulheres e Classes Inferiores – sobre nossas Classes Superiores falarei em breve –, o principal teste de reconhecimento, pelo menos entre desconhecidos, e quando a questão não é diferenciar um indivíduo, mas sua classe. Portanto, aquilo que seria a "apresentação" entre as Classes Superiores na Espaçolândia, é o processo de "sentir" para nós. "Senhor, permita-me pedir que sinta e seja sentido pelo meu amigo sr. Fulano de Tal" continua sendo, entre os mais antiquados cavalheiros de nosso país, em distritos distantes das cidades, a fórmula costumeira para uma apresentação na Planolândia. Porém nas cidades, e entre homens de negócios, as palavras "seja sentido por" são omitidas e a frase é abreviada para "Senhor, permita-me pedir que sinta o sr. Fulano de

Tal"; embora se presuma, é claro, que o "sentir" deva ser recíproco. Entre nossos jovens cavalheiros ainda mais modernos e arrojados – extremamente hostis a esforços supérfluos e extremamente indiferentes à pureza de sua língua nativa –, a fórmula é ainda mais abreviada pelo uso de "sentir" em um sentido técnico, significando "recomendar-para-propósitos-de-sentir-e-ser-sentido"; e neste momento a "gíria" nas rodas mais educadas ou avançadas nas nossas Classes Superiores aceita um barbarismo como "Sr. Smith, permita-me que sinta o sr. Jones".

Que meu Leitor, no entanto, não suponha que "sentir" seja entre nós o processo tedioso que seria entre vocês, ou que consideremos necessário sentir todos os lados de cada indivíduo antes de determinar a classe a que pertence. A longa prática e o treinamento, iniciados nas escolas e que prosseguem na experiência cotidiana, permitem que discriminemos imediatamente pelo toque entre os ângulos de um Triângulo de lados iguais, de um Quadrado e de um Pentágono; e não preciso dizer que o vértice tolo de um Isósceles fica óbvio mesmo ao mais embotado toque. Portanto não é necessário, como regra, tocar mais do que um único ângulo de um indivíduo; e esse ângulo, quando identificado, revela a classe da pessoa com quem estamos falando, a não ser que de fato pertença às mais altas seções da nobreza. Nesse caso, a dificuldade é muito maior. Conta-se que até mesmo um Mestre em nossa Universidade de Wentbridge teria confundido um Polígono de dez lados com outro de doze; e dificilmente haverá um Doutor, seja ou não parte dessa famosa Universidade, que possa fingir de imediato e sem hesitação distinguir entre um membro da Aristocracia de vinte lados e outro de vinte e quatro.

Aqueles entre meus Leitores que se recordarem dos extratos do código Legislativo referente às Mulheres, apresentados nas páginas anteriores, prontamente perceberão que o processo de apresentação por contato exige algum cuidado e discrição. De outra maneira os ângulos poderão causar ao Tateador incauto ferimentos irreparáveis. É essencial para a segurança do Tateador que o Tateado fique absolutamente imóvel. Um movimento súbito, uma mudança impaciente de posição e, sim, até mesmo um espirro violento já se mostraram fatais para os incautos, e acabaram com inícios de amizades promissoras. Isso é especialmente verdade para as Classes Inferiores dos Triângulos. No caso deles, o olho fica situado tão longe do vértice que eles mal podem tomar ciência do que acontece naquela extremidade de sua estrutura. Além disso, sua natureza é mais bruta e menos sensível ao toque delicado dos Polígonos altamente organizados. Não será de espantar, portanto, que um movimento de cabeça já tenha privado o Estado de uma vida valiosa!

Ouvi que meu excelentíssimo Avô – um dos menos Irregulares dessa infeliz Classe dos Isósceles, que obteve pouco antes de sua morte quatro de sete votos do Conselho Sanitário e Social para ser promovido à Classe dos Equiláteros – frequentemente lamentava, com uma lágrima em seu venerável olho, um revés desse tipo, ocorrido com seu tataravô, um respeitável Trabalhador com um ângulo ou cérebro de 59°30'. Segundo o relato dele, meu infeliz Ancestral, que sofria de reumatismo, sendo tateado por um Polígono, em um movimento súbito acidentalmente transfixou o Grande Homem na diagonal; e isso, em parte como consequência de seu longo encarceramento e degradação, e em parte em função do choque moral que impregnou todas as relações de meu Ancestral, fez com que minha família recuasse um grau e meio em sua ascensão rumo a coisas melhores. O resultado foi que na geração seguinte o cérebro de minha família foi registrado em apenas 59° e só após cinco gerações o terreno perdido foi recuperado, os 60° completos foram atingidos, e a Ascensão em relação à Classe dos Isósceles, finalmente alcançada. E toda essa série de calamidades em função de um pequeno acidente no processo de Tatear.

Ao chegar a este ponto creio que ouço alguns de meus Leitores mais instruídos exclamarem, "Como podem vocês na Planolândia saberem algo sobre ângulos e graus, ou minutos? Nós podemos *ver* um ângulo, porque nós, na região do Espaço, somos capazes de ver duas linhas retas inclinadas uma em direção à outra, porém vocês, que nada podem ver exceto uma linha reta por vez, ou em todo caso apenas alguns fragmentos de linhas retas todas formando uma linha reta... como poderiam discernir um ângulo qualquer, quem dirá registrar ângulos de tamanhos diferentes?".

Respondo que, embora não consigamos *ver* ângulos, somos capazes de *inferi-los* com grande precisão. Nosso sentido do tato, estimulado pela necessidade e desenvolvido por longo treinamento, permite-nos distinguir ângulos de maneira muito mais acurada do que a visão de vocês, sem o apoio de régua ou transferidor. Também não devo deixar de mencionar que temos grandes auxílios naturais. Entre nós é uma Lei da Natureza que o cérebro de um Isósceles deva começar em meio grau, ou trinta minutos, e crescer (isso nos casos em que cresce) meio grau por geração; isso até que a meta dos 60° seja atingida; é quando o indivíduo se livra da condição de servidão e o Liberto adentra a Classe dos Regulares.

Por conseguinte, a própria Natureza nos oferece uma escala ascendente ou Alfabeto de ângulos de meio em meio grau até os 60°, dos quais espécimes são colocados em cada Escola Fundamental em todo o país. Em função de retrocessos ocasionais, das frequentes estagnações morais e intelectuais e da extraordinária fecundidade das Classes de Criminosos e Vagabundos, sempre existe um vasto excesso de indivíduos pertencente à classe do meio grau ou do um grau, além da grande abundância de Espécimes abaixo de 10°. Esses indivíduos são absolutamente destituídos de direitos cívicos, e uma grande quantidade deles, sem ter sequer inteligência suficiente para os propósitos da guerra, é usada pelo Estado para o propósito da instrução. Agrilhoados imóveis para impedir potenciais riscos, eles são colocados nas salas de aula de nossas Escolas Infantis e ali usados pelo Conselho de Educação com o objetivo de repassar à prole das Classes Médias o tato e a inteligência de que aquelas criaturas desgraçadas são absolutamente desprovidas.

Em alguns estados os Espécimes são esporadicamente alimentados e tolera-se que vivam vários anos; porém, nas regiões mais temperadas e mais bem reguladas, descobre-se no longo prazo ser mais vantajoso para os interesses educacionais dos jovens deixar a alimentação de lado e renovar os Espécimes mensalmente – que é a duração média da existência de um indivíduo da Classe dos Criminosos sem alimentação. Nas escolas mais baratas, o que se ganha com a existência prolongada dos Espécimes se perde em parte nas despesas com comida e em parte pela menor precisão dos ângulos, que acabam prejudicados depois de algumas semanas apalpados. Não devemos nos esquecer de acrescentar, ao enumerar as vantagens do sistema mais caro, que ele tende, embora de modo suave porém perceptível, à diminuição da população redundante de Isósceles – um objetivo que todo Estadista da Planolândia mantém constantemente em vista. No todo, portanto – embora eu não ignore que, em muitos Conselhos Escolares eleitos pelo voto popular, exista uma reação em favor do "sistema barato", como ele é chamado –, pessoalmente estou inclinado a pensar que se trata de um dos muitos casos em que o barato sai caro.

Porém não devo permitir que questões relacionadas à política dos Conselhos Escolares me desviem do meu tema. Já foi dito o bastante, creio, para demonstrar que o Reconhecimento por meio do Tato não é um processo tão tedioso ou inconclusivo como se poderia supor; e ele é obviamente mais confiável do que o Reconhecimento auditivo. Ainda resta, como ressaltei anteriormente, a objeção de que esse método implica riscos. Por esse motivo, muitos indivíduos das Classes Médias e Inferiores, e todos sem exceção das ordens Poligonal e Circular, preferem um terceiro método, cuja descrição reservei para a próxima seção.

6. Do Reconhecimento pela Visão

Estou prestes a parecer bastante incoerente. Nas seções anteriores eu disse que todas as figuras na Planolândia apresentam a aparência de uma linha reta; e acrescentei ou sugeri que, por consequência, é impossível distinguir entre indivíduos de classes diferentes por meio do uso dos órgãos visuais; no entanto, estou prestes a explicar a meus críticos da Espaçolândia como conseguimos reconhecer uns aos outros usando o sentido da visão.

No entanto, se o Leitor se der ao trabalho de voltar à passagem em que afirmo que o Reconhecimento pelo Tato é universal, encontrará a seguinte ressalva: "entre as classes mais baixas". Somente entre as classes mais altas e em nossos climas mais temperados o Reconhecimento pela Visão é praticado.

O fato de esse poder estar ao alcance de alguma classe em alguma região se deve à Neblina, que predomina durante a maior parte do ano em todas as regiões, exceto nas zonas tórridas. Aquilo que para vocês na Espaçolândia é unicamente um mal, maculando a paisagem, deprimindo os ânimos e debilitando a saúde, é tido por nós como uma bênção que quase se compara ao ar, bem como a Protetora das artes e Mãe das Ciências.

Porém deixem-me explicar o que quero dizer, sem que me alongue mais na eulogia a esse benévolo Elemento.

Caso a Neblina não existisse, todas as linhas teriam aparência igualmente clara e seria impossível distinguir umas das outras; e esse é de fato o caso nas infelizes regiões de atmosfera perfeitamente seca e transparente. Porém onde existe abundância de Neblina, os objetos que estão a uma distância de, digamos, um metro tornam-se significativamente mais obscuros do que aqueles que se encontram a 98 centímetros; e o resultado é que, por meio de cuidadosa e constante observação experimental de relativa obscuridade e clareza, nós nos tornamos capazes de inferir com grande exatidão a configuração do objeto observado.

Um exemplo fará mais do que todo um volume de generalidades para elucidar o sentido disso.

Imagine que eu veja dois indivíduos se aproximando e que eu deseje determinar as ordens a que eles pertencem. Suponhamos que se trate de um Comerciante e de um Médico, ou em outras palavras, de um Triângulo Equilátero e de um Pentágono. Como poderei eu distingui-los?

(1)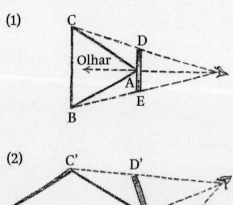

(2)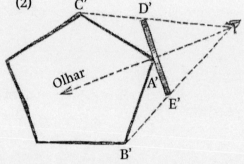

Será uma obviedade para qualquer criança da Espaçolândia que tenha pisado numa sala de aula de Estudos Geométricos que, caso eu dirija meu olhar de modo a fazer uma bissecção de um ângulo (A) do desconhecido que se aproxima, minha visão ficará como que dividida igualmente entre seus dois lados que estão próximos de mim (ou seja, CA e AB), de modo que eu contemplarei ambos de maneira imparcial, e os dois parecerão ter o mesmo tamanho.

Pois bem, no caso de (1), o Comerciante, o que eu verei? Verei uma linha reta DAE, em que o ponto médio (A) será muito brilhante por estar mais próximo de mim. Porém, em ambos os lados a linha evanescerá *rapidamente rumo à obscuridade*, porque os lados AC e AB *regridem rapidamente na direção da neblina*; e o que verei como as extremidades do Comerciante, ou seja, D e E, serão *realmente bastante obscuras*.

Por outro lado, no caso de (2), o Médico, embora eu também veja uma linha (D'A'E') com um centro brilhante (A'), as extremidades retrocederão *menos rapidamente na direção da escuridão*; e aquilo que aparecerá para mim como as extremidades do Médico, ou seja, D' e E', *não será tão obscuro* quanto no caso das extremidades do Comerciante.

O Leitor provavelmente compreenderá a partir desses dois exemplos como – depois de um treinamento muito longo complementado pela constante experiência – as classes mais bem educadas conseguirão discriminar com alta precisão entre as ordens intermediárias e aquelas mais baixas utilizando o sentido da visão. Caso meus Leitores da Espaçolândia tenham apreendido esse conceito geral a ponto de conceber sua possibilidade e de não rejeitar meu relato como algo absolutamente inacreditável, terei conseguido o máximo que poderia razoavelmente esperar. Caso eu tentasse detalhar mais o tema, o único resultado seria a perplexidade. No entanto, pensando nos mais jovens e inexperientes, que talvez possam supor – a partir dos dois exemplos simples que ofereci sobre a maneira pela qual eu poderia reconhecer meu Pai e meus Filhos – que o Reconhecimento por meio da visão é algo fácil, pode ser necessário ressaltar que na vida real a maior parte dos problemas de Reconhecimento Visual é muito mais sutil e complexa.

Se, por exemplo, quando meu Pai, o Triângulo, aproxima-se de mim, meus olhos calham de estar voltados para um de seus lados, e não para um ângulo, então, até que eu peça para ele girar, ou até que eu o circunde, ficarei momentaneamente sem saber se é uma Linha Reta ou, em outras palavras, uma Mulher. Ou então, estando acompanhado de um de meus Netos hexagonais, contemplando um de seus lados (AB) frontalmente, ficará evidente de acordo com o diagrama a seguir que verei uma linha completa (AB) relativamente brilhante (que não chega a ficar obscura nas pontas) e duas linhas menores (CA e BD) inteiramente obscuras e que ficam ainda menos visíveis quando se aproximam das extremidades C e D.

Porém não devo ceder à tentação de me estender sobre esses tópicos. O pior dos matemáticos da Espaçolândia irá prontamente acreditar quando afirmo que os problemas da vida, que se apresentam aos bem-educados – quando eles próprios estão em movimento, girando, avançando ou recuando, e ao mesmo tempo tentando discernir pelo uso da visão entre Polígonos de Classe Superior que se movem em diferentes direções, como em um salão de festas ou num sarau –, desafiarão por sua natureza a angularidade até mesmo dos mais intelectualizados, e justificarão amplamente os belos salários dos Eruditos Professores de Geometria, tanto Estática como Cinética, na ilustre Universidade de Wentbridge, onde a Ciência e a Arte do Reconhecimento Visual são regularmente ensinadas para grandes turmas da *élite* dos estados.

Apenas um punhado dos descendentes de nossas mais nobres e mais ricas casas consegue dedicar o tempo e o dinheiro necessário para o estudo dessa nobre e valiosa Arte. Mesmo para mim, um Matemático que não está entre os de estatura mais reduzida, e Avô de dois dos mais promissores e perfeitamente regulares Hexágonos, encontrar-me em meio a uma multidão de Polígonos das mais altas classes em rotação às vezes pode ser muito desconcertante. E é claro que para um Comerciante comum, ou para um Servo, uma cena como essa é quase tão inteligível quanto seria para você, meu Leitor, caso se visse subitamente transportado para nosso país.

Em uma multidão como essa você veria em toda a volta nada além de uma Linha, aparentemente reta, mas cujas partes variariam de modo irregular e perpétuo em termos de brilho e obscuridade. Ainda que completasse o terceiro ano nas disciplinas Pentagonal e Hexagonal da Universidade e conhecesse perfeitamente a teoria, mesmo assim você descobriria serem necessários muitos mais anos de experiência antes de conseguir se deslocar em meio a uma multidão elegante sem esbarrar nos seus superiores; aqueles a quem a etiqueta impede que peçamos para "senti-los" e que, em função de sua cultura e criação superiores, sabem tudo sobre os seus movimentos, ao passo que você pouco ou nada sabe sobre os deles. Em uma palavra, para se comportar de maneira perfeitamente adequada em uma sociedade Poligonal, é preciso ser um Polígono. Essa pelo menos é a dolorosa lição de minha experiência.

É impressionante até que ponto se pode desenvolver a Arte – ou quase posso dizer instinto – do Reconhecimento Visual por meio da prática habitual e pela fuga ao costume de "Sentir". Assim como, entre vocês, os surdos e os mudos, caso tenham permissão para gesticular e usar o alfabeto manual, jamais serão proficientes na mais difícil, porém bem mais valiosa arte da movimentação dos lábios e da leitura labial, o mesmo acontece entre nós com a "Visão" e o "Tato". Ninguém que no início da vida recorra ao "Sentir" conseguirá aprender a "Ver" perfeitamente.

Por esse motivo, entre nossas Classes Superiores, o "Sentir" é desencorajado ou absolutamente proibido. Desde o berço, seus filhos, em vez de frequentar as escolas Fundamentais Públicas (onde a arte do Sentir é ensinada), são enviados para Seminários de ordem superior de caráter exclusivo; e em nossa ilustre Universidade, "Sentir" é considerado uma infração gravíssima, envolvendo uma estada no campo na primeira violação e a Expulsão na segunda.

Porém, entre as Classes Inferiores a arte do Reconhecimento Visual é tida como um luxo inatingível. Um Comerciante comum não tem como sustentar seu filho durante um terço da vida para que se dedique a estudos abstratos. Os filhos dos pobres têm portanto permissão para "sentir" desde os primeiros anos, e assim se tornam precoces e ganham uma vivacidade na infância que contrasta bastante favoravelmente quando comparada ao comportamento inerte, subdesenvolvido e apático dos pouco instruídos jovens da Classe Poligonal; porém, quando esses últimos enfim completam seu curso na Universidade e estão preparados para colocar em prática a sua teoria, a mudança que ocorre neles quase pode ser descrita como um novo nascimento, e em todas as artes, ciências e atividades sociais eles rapidamente superam e se distanciam de seus concorrentes Triangulares.

Apenas uns poucos indivíduos da Classe Poligonal fracassam ao tentar passar no Teste Final ou Exame de Conclusão na Universidade. A condição da minoria malsucedida é genuinamente lamentável. Rejeitados pela Classe Superior, eles são também desprezados pelas Classes Inferiores. Eles não têm nem as habilidades maduras e sistematicamente treinadas dos Bacharéis e Mestres Poligonais, nem a precocidade natural e a versatilidade temperamental do jovem Comerciante. As portas das profissões e do serviço público estão fechadas para eles. E embora na maior parte dos estados não sejam proibidos de casar, enfrentam grande dificuldade para formar alianças adequadas, uma vez que a experiência comprova que a prole desses infelizes e pouco dotados pais em geral é também desafortunada, se não efetivamente Irregular.

Em geral, foram esses refugos de nossa Nobreza que lideraram os grandes Tumultos e Sedições de eras passadas; e tamanhos são os males derivados disso que uma minoria crescente de nossos Estadistas mais progressistas é da opinião de que seria genuína misericórdia eliminar tais indivíduos, determinando que todo e qualquer reprovado no Exame Final da Universidade seja encarcerado perpetuamente, ou executado em uma morte indolor.

Porém, estou divagando sobre o tema das Irregularidades, um assunto de interesse tão vital que exige uma seção à parte.

7. Das Figuras Irregulares

Ao longo das páginas anteriores, presumi – e talvez isso devesse ter sido estabelecido inicialmente como uma proposição distinta e fundamental – que todo ser humano na Planolândia é uma Figura Regular, o que significa que tem uma construção regular. Com isso quero dizer que uma Mulher precisa não apenas ser uma linha, mas uma Linha Reta; que um Artesão ou Soldado deve ter dois de seus lados iguais; que o Comerciante deve possuir três lados iguais; Advogados (classe da qual sou um humilde membro), quatro lados iguais e, em geral, que em todo Polígono, todos os lados devem ser iguais.

O tamanho dos lados evidentemente depende da idade do indivíduo. Uma Fêmea ao nascer terá cerca de dois centímetros e meio de extensão, ao passo que uma Mulher adulta alta pode ultrapassar os trinta centímetros. Quanto aos Machos de cada classe, pode-se *grosso modo* dizer que a extensão dos lados do adulto, somados, é de sessenta centímetros ou um pouco mais. Porém, a extensão de nossos lados não está em questão. Falo da *igualdade* dos lados, e não será necessária muita reflexão para ver que toda a vida social na Planolândia depende do fato fundamental de que a Natureza deseja que toda Figura tenha lados iguais.

Caso nossos lados fossem desiguais, nossos ângulos seriam desiguais. Em vez de ser necessário sentir, ou estimar pela visão, um único ângulo para determinar a forma de um indivíduo, seria necessário medir cada ângulo pelo experimento do Sentir. Porém a vida seria curta demais para essa tediosa apalpação. Toda a ciência e a arte do Reconhecimento Visual pereceriam de uma só vez; o Sentir, na medida em que é uma arte, não sobreviveria; as relações se tornariam perigosas ou impossíveis; acabaria toda a confiança, toda a previsibilidade; ninguém estaria em segurança ao participar do mais simples arranjo social. Em uma palavra, a civilização decairia rumo à barbárie.

Estaria eu indo rápido demais para que meus Leitores me acompanhem nessas óbvias conclusões? Certamente uma breve reflexão e um único exemplo extraído da vida cotidiana deverão convencer todos de que nosso sistema social se baseia integralmente em nossa Regularidade, ou na Igualdade dos Ângulos. Você encontra, por exemplo, dois ou três Comerciantes na rua, que reconhece imediatamente como Comerciantes ao olhar de relance para seus ângulos e lados que rapidamente diminuem de brilho, e os convida para entrar em sua casa para um almoço. Hoje se faz isso com perfeita confiança, pois todos sabem com uma margem de erro não superior a cinco centímetros o espaço ocupado por um Triângulo adulto; porém imagine que o seu Comerciante arraste atrás de seu vértice respeitável e regular um paralelogramo com diagonal de trinta centímetros – o que se faz com um monstro desse gênero entalado na porta de casa?

Porém insulto a inteligência de meus Leitores ao acumular detalhes que devem estar patentes para todos aqueles que gozam das vantagens de residir na Espaçolândia. Obviamente as medições de um único ângulo já não seriam suficientes em tais prodigiosas circunstâncias; o indivíduo gastaria toda a vida sentindo ou analisando o perímetro de seus conhecidos. As dificuldades para se evitar uma colisão numa aglomeração já são difíceis o suficiente hoje a ponto de testar a sagacidade até mesmo de um Quadrado bem educado; mas se ninguém pudesse calcular a Regularidade de uma única figura do grupo, tudo seria caos e confusão, e o menor princípio de pânico causaria sérios ferimentos ou – caso houvesse Mulheres ou Soldados presentes – talvez uma perda considerável de vidas.

A conveniência se alia à Natureza ao dar o selo de sua aprovação às conformações Regulares, e a Lei também não ficou para trás ao apoiar esses esforços. Entre nós, "Irregularidade de Figura" significa aproximadamente o mesmo que uma soma de obliquidade moral e criminalidade para vocês, e assim é tratada. Não faltam, é verdade, alguns defensores de paradoxos que afirmam não haver conexão necessária entre a Irregularidade geométrica e a Irregularidade moral. "O Irregular", dizem eles, "é desde o nascimento rejeitado pelos próprios pais, escarnecido por seus irmãos e irmãs, negligenciado pelos criados, é alvo de zombaria e suspeitas da sociedade, e se vê excluído de toda posição de responsabilidade, confiança e de quaisquer atividades úteis. Cada movimento é observado vigilantemente pela polícia até que ele se torne adulto e se apresente para inspeção; então ou é destruído, caso se descubra que excede a margem fixada para desvios, ou é enclausurado num Prédio Público como funcionário de sétima classe; fica impedido de se casar; é forçado a labutar numa ocupação desinteressante tendo como paga um estipêndio miserável; vê-se obrigado a morar e se alimentar na repartição, e é supervisionado atentamente até mesmo em suas férias; não é de espantar que a natureza humana, mesmo em seu estado mais elevado e mais puro, torne-se amarga e pervertida em tal ambiente!"

Todo esse raciocínio bastante plausível não me convence, assim como não convenceu aos mais sábios entre nossos Estadistas, de que nossos ancestrais incorreram em erro ao determinar como axioma da política que a tolerância da Irregularidade é incompatível com a segurança do Estado. Sem dúvida, a vida de um Irregular é dura; porém os interesses da Maioria exigem que ela seja dura. Caso se permitisse a existência de um homem com frente triangular e porção traseira poligonal e ele pudesse gerar uma posteridade ainda mais Irregular, o que seria das artes da vida? Deveriam as casas e portas e igrejas na Planolândia ser alteradas para acomodar tais monstros? Nossos coletores de ingressos deveriam ter de medir o perímetro de cada homem antes de permitir que ele entrasse num teatro, ou que se sentasse em um auditório para uma palestra? Os Irregulares deveriam ser dispensados da obrigação de servir em uma milícia? E em caso contrário, como impedir que causem desolação a seus camaradas de fileiras? Além disso, a que irresistíveis tentações de cometer imposturas e fraudes tal criatura estaria exposta! Como seria fácil para ele entrar numa loja com a parte poligonal à frente e encomendar infinitas mercadorias para um Comerciante ingênuo! Que os defensores de uma doutrina a que equivocadamente se dá o nome de Filantropia pleiteiem como bem o desejarem a revogação das Leis Penais Irregulares. Eu de minha parte jamais conheci um Irregular que não fosse aquilo que a Natureza pretendeu que fosse: hipócrita, misantropo e, até onde suas forças lhe permitissem, causador de todo tipo de problema.

Não que eu me veja inclinado a recomendar (pelo momento) as medidas extremas adotadas em alguns estados, onde um bebê cujos ângulos apresentem um desvio de meio grau em relação à angularidade correta é sumariamente destruído ao nascer. Alguns de nossos melhores e mais capazes homens, homens de verdadeiro gênio, durante seus primeiros dias enfrentaram desvios de até quarenta e cinco minutos, ou até mesmo maiores; e a perda de suas preciosas vidas teria sido um dano irreparável para o Estado. A arte da cura também obteve alguns de seus mais gloriosos triunfos com compressões, extensões, trepanações, coligações e outras operações cirúrgicas ou dietéticas pelas quais a Irregularidade foi parcial ou integralmente curada. Defendendo assim uma *Via Media*, eu não estabeleceria nenhuma linha fixa ou absoluta de demarcação;

mas no período em que a estrutura começa a se estabelecer, e em que o Conselho de Medicina tiver relatado que a recuperação é improvável, eu sugeriria que a progênie Irregular seja extinta de modo indolor e misericordioso.

8. Sobre a Antiga Prática da Pintura

Caso tenham me acompanhado com alguma atenção até aqui, meus Leitores não ficarão surpresos ao ouvir que a vida é um tanto tediosa na Planolândia. Evidente que não estou dizendo que não haja batalhas, conspirações, tumultos, facções e todos esses outros fenômenos que supostamente tornam a História interessante; eu também não negaria que a estranha mistura de problemas da vida e de problemas da Matemática, induzindo a conjecturas contínuas e oferecendo a oportunidade para verificação imediata, dá a nossa vida um sabor que vocês na Espaçolândia dificilmente compreenderão. Falo agora do ponto de vista estético e artístico quando digo que nossa vida é tediosa; estética e artisticamente, realmente tediosa.

Como poderia ser diferente, quando todas as perspectivas do indivíduo, todas as suas paisagens, suas peças históricas, seus retratos, as naturezas-mortas, não passam de uma única linha, sem variações exceto pelos graus de luz e obscuridade?

Nem sempre foi assim. A Cor, caso a Tradição fale a verdade, durante seis séculos ou mais, ofereceu um esplendor transitório à vida de nossos ancestrais em eras remotas. Algum indivíduo – um Pentágono, cujo nome varia de acordo com o relato –, tendo casualmente descoberto os componentes das cores mais simples e um método rudimentar de pintura, teria começado a decorar sua casa, depois seus escravizados, depois seu Pai, seus Filhos e seus Netos, e por fim a si mesmo. A conveniência dos resultados, assim como sua beleza, tornavam a prática recomendável para todos. Para onde quer que Cromatistes – pois assim as mais confiáveis autoridades concordam em chamá-lo – virasse sua variegada estrutura, imediatamente as atenções se voltavam empolgadas para ele, e ele atraía respeito. Ninguém agora precisava "senti-lo"; ninguém confundia sua frente com a parte de trás; seus movimentos eram prontamente verificados por seus vizinhos sem que eles precisassem recorrer à capacidade de cálculo; ninguém esbarrava nele, ou deixava de abrir caminho quando passava; sua voz foi poupada do trabalho de se pronunciar constantemente, conforme nós, Quadrados e Pentágonos sem cores, precisamos com frequência fazer para proclamar nossa individualidade ao nos movermos em meio a uma multidão de Isósceles ignorantes.

A moda se espalhou como um incêndio. Em menos de uma semana, todo Quadrado e todo Triângulo do distrito havia copiado o exemplo de Cromatistes, e só uns poucos Pentágonos mais conservadores ainda resistiam. Um ou dois meses depois até mesmo os Dodecágonos se viram infectados pela inovação. Não havia se passado um ano e o hábito se espalhara por quase todos os membros da mais alta Nobreza. Não é preciso dizer, o costume logo ultrapassou os limites do distrito de Cromatistes e chegou a regiões adjacentes; e dentro de duas gerações, não havia ninguém na Planolândia sem cores, exceto pelas Mulheres e pelos Sacerdotes.

Aqui a própria Natureza pareceu erguer uma barreira e se manifestar contra a extensão da inovação para essas duas classes. Ter muitos lados era quase essencial como pretexto para os Inovadores. "É desejo da Natureza que a distinção de lados implique distinção de cores", tal era o sofisma que naqueles dias corria de boca em boca, convertendo cidades inteiras de uma só vez para a nova cultura. Porém manifestamente esse adágio não se aplicava a nossos Sacerdotes e nossas Mulheres. Estas tinham apenas um lado, e, portanto – falando de maneira genérica e pedante –, *não tinham lados*. Os primeiros – pelo menos caso reivindicassem ser verdadeiros Círculos, e não meros Polígonos de alta classe com um número infinitamente grande de lados infinitesimalmente pequenos – tinham o hábito de se gabar (algo que as Mulheres confessavam e lamentavam) que também eles não tinham lados, sendo abençoados com um perímetro de uma linha ou, em outras palavras, com uma Circunferência. Portanto essas duas classes não viam força no chamado axioma sobre "Distinção de Lados implica Distinção de Cores"; e quando todos os outros haviam sucumbido ao fascínio da decoração corporal, os Sacerdotes e as Mulheres eram os únicos que permaneciam puros da poluição da tinta.

Imorais, licenciosos, anárquicos, não científicos – chame-os como desejar. No entanto, do ponto de vista artístico, esses tempos antigos da Revolta das Cores foram a gloriosa infância da Arte na Planolândia – uma infância que, ai de nós, jamais amadureceu para se transformar em vida adulta, e que nem chegou ao florescimento da juventude. Viver era então em si mesmo um deleite, pois viver significava ver. Mesmo em um pequeno grupo, era um prazer observar a companhia; os variados tons dos fiéis em uma igreja ou dos frequentadores de um teatro; segundo se diz, mais uma vez distraíram os olhos a ponto de se tornar um desafio para nossos maiores professores e nossos melhores atores; porém dizem que o mais arrebatador de tudo era a magnificência de uma parada militar.

A visão de vinte mil Isósceles em linha de batalha se virando repentinamente e trocando o sombrio negro de suas bases pelo laranja e pelo púrpura de seus dois lados, incluindo seu ângulo agudo; a milícia dos Triângulos Equiláteros tricolores em vermelho, branco e azul; o malva, azul-marinho, marrom e ocre dos artilheiros Quadrados rapidamente rotacionando perto de suas armas escarlates; a velocidade e a cintilação dos Pentágonos e Hexágonos de cinco e seis cores correndo pelo campo em seus ofícios de cirurgiões, geômetras e ajudantes de campo – tudo isso poderia ter sido suficiente para dar credibilidade à famosa história de como um ilustre Círculo, tomado pela beleza artística das forças que tinha à sua disposição, jogou para longe seu bastão de marechal e sua coroa real, afirmando que dali em diante iria trocá-los pelo lápis do artista. A magnitude e a glória do sensual desenvolvimento dessa época são indicadas em parte pela própria linguagem e pelo vocabulário do período. As frases mais comuns dos mais comuns cidadãos da época da Revolta das Cores parecem estar impregnadas de matizes mais ricos de palavra ou de pensamento; e até hoje devemos àquela época nossa melhor poesia e o ritmo que talvez ainda subsista nas frases mais científicas destes tempos modernos.

9. Sobre a Lei da Cor Universal

Mas, enquanto isso, as Artes intelectuais decaíam rapidamente.

A Arte do Reconhecimento Visual, já não sendo necessária, deixou de ser praticada; e os estudos da Geometria, da Estática, da Cinética e de outros assuntos correlatos logo se tornaram supérfluos, caíram em descrédito e passaram a ser negligenciados até mesmo em nossa Universidade. A inferior Arte do Sentir rapidamente teve o mesmo destino em nossas Escolas Primárias. Então as Classes de Isósceles, afirmando que os Espécimes já não eram usados nem necessários e se recusando a pagar o tributo habitual das Classes Criminais ao sistema educacional, tornavam-se cada vez mais numerosas e mais insolentes tendo em vista sua imunidade em relação ao antigo fardo, que até aí exercera o duplo efeito de domar sua natureza brutal e diminuir seus números excessivos.

Ano a ano os Soldados e os Artesãos começaram a afirmar de maneira mais veemente – e com veracidade crescente – que não havia grande diferença entre eles e a mais alta Classe de Polígonos, agora que tinham sido elevados a um patamar de igualdade com os últimos, e que lhes haviam dado condições para lidar com todas as dificuldades e para resolver todos os problemas da vida, fossem Estáticos ou Cinéticos, pelo simples processo do Reconhecimento por Cores. Não contentes com a negligência natural que se abatia sobre o Reconhecimento Visual, eles ousaram exigir a proibição por lei de todas as "Artes monopolísticas e aristocráticas" e a consequente abolição de todas as verbas destinadas aos estudos de Reconhecimento Visual, Matemática e Tato. Logo começaram a insistir que na medida em que a Cor, que era uma segunda Natureza, havia destruído a necessidade das distinções aristocráticas, a Lei deveria seguir o mesmo caminho, e que dali por diante todos os indivíduos e todas as classes deveriam ser reconhecidos como absolutamente iguais e que direitos iguais deveriam ser assegurados.

Deparando-se com as mais altas Ordens hesitantes e indecisas, os líderes da Revolução foram ainda mais longe em suas demandas e por fim exigiram que todas as classes, sem exceção para Sacerdotes e Mulheres, prestassem homenagem à Cor submetendo-se à pintura. Quando se objetou que Sacerdotes e Mulheres não tinham lados, eles responderam que a Natureza e a Conveniência ditavam que a metade dianteira de todo ser humano (o que significa aquela que contém seu olho e a boca) deveria ser discernível da metade traseira. Sendo assim, eles apresentaram perante uma extraordinária Assembleia de todos os estados da Planolândia um Projeto de Lei propondo que em toda Mulher a metade contendo o olho e a boca devesse ser pintada de vermelho, e a outra metade de verde. Os Sacerdotes deveriam ser pintados da mesma maneira, sendo o vermelho aplicado ao semicírculo em que o olho e a boca formam o ponto médio; ao passo que o outro semicírculo, traseiro, devia ser colorido de verde.

A proposta não era pouco astuta e partiu na verdade não de um Isósceles qualquer – pois nenhum ser a tal ponto degradado teria angularidade suficiente para apreciar, quem dirá para inventar, um tal modelo de política –, mas de um Círculo Irregular que, em vez de ser destruído em sua infância, foi reservado por tola indulgência para causar desolação a seu país e destruição para miríades de seus seguidores.

Por um lado, a proposta foi calculada para colocar as Mulheres de todas as classes ao lado da Inovação Cromática. Pois, ao designar para as Mulheres as mesmas duas cores dos Sacerdotes, os Revolucionários garantiram que, em certas posições, toda Mulher parecesse um Sacerdote, e que fosse tratada com o respeito e a deferência correspondentes – uma perspectiva que não poderia deixar de atrair em massa o Sexo Feminino.

Porém alguns de meus Leitores poderão não compreender a aparência idêntica de Sacerdotes e Mulheres causada pela nova Legislação; se for esse o caso, uma ou duas palavras tornarão isso evidente.

Imagine uma Mulher devidamente ornamentada, de acordo com o novo Código; com a metade dianteira (ou seja, a metade contendo olho e boca) vermelha e a metade traseira verde. Olhe para ela de um lado.

Obviamente você verá uma linha reta, *metade vermelha, metade verde*.

Agora imagine um Sacerdote, cuja boca esteja em M, e cujo semicírculo dianteiro (AMB) esteja por consequência pintado de vermelho, ao passo que sua metade traseira é verde; de modo que o diâmetro AB divide a metade verde da vermelha. Caso você contemple o Grande Homem de modo que seu olho esteja na mesma linha reta que o diâmetro divisor dele (AB), o que verá é uma linha reta (CBD), da qual *uma metade* (CB) *será vermelha, e a outra* (BD) *será verde*. A linha como um todo (CD) será talvez mais curta do que uma Mulher adulta, e perderá mais rapidamente a iluminação perto das extremidades; porém a identidade das cores daria a você uma impressão imediata de identidade de classe, levando outros detalhes à negligência. Tenha em mente a decadência do Reconhecimento Visual que ameaçava a sociedade à época da Revolta das Cores; acrescente também o fato de que as Mulheres rapidamente aprenderiam a obscurecer suas extremidades de modo a imitar os Círculos; certamente deverá então tornar-se óbvio para você, meu caro Leitor, que o Projeto de Lei da Cor nos punha em grande perigo de confundir um Sacerdote com uma jovem Mulher.

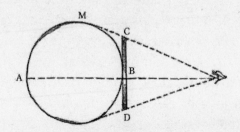

A atração dessa perspectiva para o Sexo Frágil será facilmente imaginada. Elas anteciparam com deleite a confusão que se seguiria. Em casa, poderiam ouvir segredos políticos e eclesiásticos que não eram destinados a elas, mas sim a seus maridos e irmãos, e poderiam inclusive dar ordens em nome de um Círculo sacerdotal; fora de casa a impressionante combinação de vermelho e verde, sem o acréscimo de quaisquer outras cores, certamente levaria pessoas comuns a incontáveis equívocos, e as Mulheres ganhariam tudo que os Círculos perdessem, em termos de deferência dos passantes. Quanto ao escândalo que recairia sobre a Classe Circular caso a conduta frívola e imprópria das Mulheres lhe fosse imputada e quanto à consequente subversão da Constituição, não se poderia esperar que o Sexo Feminino pensasse nessas considerações. Mesmo nas casas dos próprios Círculos, todas as Mulheres eram favoráveis ao Projeto de Lei da Cor Universal.

O segundo objetivo que o Projeto de Lei tentava atingir era a gradual desmoralização dos Círculos. Em meio à decadência intelectual generalizada, eles preservaram sua clareza imaculada e sua força de compreensão. Desde a mais tenra infância, familiarizados em suas casas Circulares com a total ausência de Cor, os Nobres eram os únicos a preservar a Sagrada Arte do Reconhecimento Visual, com todas as vantagens que resultam desse admirável treinamento do intelecto. Assim, até a data de apresentação do Projeto de Lei da Cor Universal, os Círculos não apenas se mantiveram firmes como inclusive aumentaram sua liderança sobre as demais classes ao absterem-se da moda popular.

 Assim, o astuto Irregular que descrevi anteriormente como verdadeiro autor desse diabólico Projeto de Lei determinou de um só golpe rebaixar o status da Hierarquia ao forçá-los a se submeterem à poluição da Cor, e destruir suas oportunidades domésticas para o treinamento da Arte do Reconhecimento Visual, de modo a enfraquecer seus intelectos pela privação de seus lares puros e incolores. Uma vez submetidos à mácula cromática, todos os Círculos, adultos e crianças, iriam desmoralizar uns aos outros. Para discernir entre seu Pai e sua Mãe, o pequeno Círculo já encontraria problemas para exercitar esta compreensão – problemas que muito provavelmente seriam promovidos pelas fraudes maternas, o que levaria a criança a ver abalada toda a sua fé nas conclusões lógicas. Assim gradualmente o lustro intelectivo da Ordem Sacerdotal evanesceria, e se abriria a estrada para uma completa destruição de toda a Legislação Aristocrática e para a subversão de nossas Classes Privilegiadas.

10. Da Supressão da Sedição Cromática

A agitação a favor do Projeto de Lei da Cor Universal prosseguiu por três anos; e até o último momento daquele período pareceu que a Anarquia estava destinada a triunfar.

Um exército inteiro de Polígonos, que se apresentaram para combater como soldados particulares, foi completamente aniquilado por uma força superior de Triângulos Isósceles – enquanto os Quadrados e Pentágonos permaneciam neutros. Pior de tudo, alguns de nossos mais capazes Círculos foram vítimas de uma fúria conjugal. Enfurecidas pela animosidade política, as esposas de muitas residências nobres cansavam seus senhores com súplicas para que eles desistissem de se opor ao Projeto de Lei da Cor; e algumas, vendo que os pedidos eram infrutíferos, atacaram e mataram seus filhos inocentes e seus maridos, perecendo também na carnificina. Os registros mostram que durante os três anos de agitação nada menos do que vinte e três Círculos pereceram em discórdias domésticas.

O perigo era de fato grande. Parecia que os Sacerdotes tinham de escolher entre a submissão e o extermínio;

quando subitamente o rumo dos acontecimentos foi totalmente modificado por um daqueles incidentes pitorescos que os Estadistas não devem jamais negligenciar, frequentemente deveriam antecipar e por vezes talvez iniciar, em função do poder absurdamente desproporcional que seu apelo tem com o povo.

Calhou de um Isósceles de baixa extração, com um cérebro de no máximo 4° e acidentalmente salpicado com as cores de algum Comerciante cuja loja saqueara, se pintara ou se fizera pintar (pois a história tem variações) com as doze cores de um Dodecágono. Indo ao Mercado, ele abordou uma donzela, filha órfã de um nobre Polígono, cuja afeição tentara em vão conquistar em outros tempos; e por meio de vários engodos – auxiliado, de um lado, por uma série de coincidências felizes longa demais para relatar, e, de outro, por uma fatuidade e negligência de precauções quase inconcebíveis da parte dos parentes da noiva – conseguiu consumar o casamento. A infeliz cometeu suicídio ao descobrir a fraude a que tinha sido sujeitada.

Quando a notícia de tal catástrofe se espalhou de estado para estado, a mente das Mulheres ficou violentamente agitada. A compaixão pela vítima desgraçada e a antecipação de engodos semelhantes contra elas próprias, suas irmãs e suas filhas fizeram com que agora elas vissem o Projeto de Lei da Cor sob um aspecto inteiramente novo. Não foram poucas as que abertamente se disseram convertidas ao antagonismo; as demais só precisaram de um pequeno estímulo para fazer o mesmo. Agarrando essa oportunidade favorável, os Círculos apressadamente reuniram uma Assembleia Extraordinária dos Estados; e além da costumeira guarda de Condenados, providenciaram um comparecimento em massa de Mulheres reacionárias.

Em meio a uma confluência sem precedentes, o Sumo Círculo de então – chamado Pantociclus – viu-se hostilizado e vaiado por 120 mil Isósceles. Mas assegurou o silêncio ao declarar que dali em diante os Círculos assumiriam uma política de Concessões; cedendo aos desejos da maioria, eles aceitariam o Projeto de Lei da Cor. Com as vaias imediatamente convertidas em aplausos, ele convidou Cromatistes, o líder da Sedição, ao centro do auditório, para receber em nome de seus seguidores a submissão da Hierarquia. A seguir veio um discurso, uma obra-prima da retórica, que ocupou quase metade de um dia, ao qual nenhum resumo poderia fazer justiça.

Com um aspecto solene de sobriedade ele declarou que, estando eles por fim se comprometendo com a Reforma ou Inovação, era desejável que vissem uma última vez o perímetro do tema, seus defeitos assim como suas vantagens. Gradualmente introduzindo a menção dos perigos para os Comerciantes, as Classes Profissionais e os Cavalheiros, ele silenciou os crescentes murmúrios dos Isósceles ao lembrá-los que, apesar de todos aqueles defeitos, estava disposto a aceitar o Projeto caso houvesse aprovação da maioria. Porém era nítido que todos, à exceção dos Isósceles, foram tocados por suas palavras e estavam ou neutros ou contrários ao projeto.

Voltando-se agora para os Trabalhadores, ele afirmou que seus interesses não deviam ser negligenciados, e que, caso quisessem aceitar o Projeto de Lei da Cor, deveriam pelo menos fazer isso tendo uma visão completa das consequências. Muitos deles, ele disse, estavam a ponto de ser admitidos à Classe dos Triângulos Regulares; outros antecipavam para seus filhos uma distinção que não podiam esperar para si. Aquela honorável ambição agora teria de ser sacrificada. Com a adoção universal da Cor, todas as distinções cessariam: a Regularidade seria confundida com a Irregularidade; o desenvolvimento daria lugar ao retrocesso; o Trabalhador em poucas gerações sofreria uma degradação que o levaria ao nível dos Militares, ou mesmo da Classe dos Condenados; o poder político estaria nas mãos da maioria, ou seja, das Classes Criminais; elas já eram mais numerosas do que as Classes dos Trabalhadores e logo superariam em número todas as outras classes somadas quando as habituais Leis de Compensação da Natureza fossem violadas.

Um leve murmúrio de assentimento correu pelos grupos de Artesãos, e Cromatistes, alarmado, tentou dar um passo à frente e falar com eles. Mas se viu contido pelos guardas e forçado a permanecer em silêncio enquanto o Sumo Círculo em poucas palavras apaixonadas fazia um último apelo às Mulheres, exclamando que, caso o Projeto da Cor passasse, nenhum casamento dali em diante seria seguro, nenhuma Mulher teria sua honra assegurada; a fraude, o engodo, a hipocrisia impregnariam todas as casas; a felicidade doméstica teria o mesmo destino da Constituição e rapidamente cairia em perdição: "A esse destino", ele gritou, "seria preferível a morte".

Ao ouvir essas palavras, que eram a senha combinada para a ação, os Isósceles Condenados caíram sobre o desgraçado Cromatistes e o transfixaram; as Classes dos Regulares, abrindo suas fileiras, permitiram a passagem de uma turba de Mulheres que, sob a direção dos Círculos, moviam-se, com a parte traseira à frente, de modo invisível e infalível, sobre os Soldados que nem sequer se davam conta; os Artesãos, imitando o exemplo de seus superiores, também abriram fileiras. Enquanto isso, bandos de Condenados ocupavam todas as entradas com falanges impenetráveis.

A batalha, ou melhor dizendo, a carnificina, teve curta duração. Sob o hábil comando dos Círculos quase todo ataque das Mulheres era fatal e muitas extraíam incólumes o seu ferrão, prontas para um segundo assassinato. Mas o segundo golpe não foi necessário; a turba dos Isósceles fez o resto do serviço por conta própria. Surpreendidos, sem liderança, atacados pela frente por inimigos invisíveis e encontrando as saídas fechadas pelos Condenados que estavam atrás deles, imediatamente – como é típico deles – perderam a presença de espírito e fizeram ouvir o grito de "traição". Isso selou seu destino. Agora cada Isósceles via e sentia em todos os outros um inimigo. Em meia hora não havia um único indivíduo da vasta multidão que ainda estivesse vivo; e os fragmentos de 140 mil membros da Classe dos

Criminosos assassinados pelos ângulos uns dos outros atestavam o triunfo da Ordem.

    Os Círculos não demoraram em levar sua vitória até o fim. Os Trabalhadores foram praticamente dizimados. A Milícia dos Equiláteros foi imediatamente extinta; e todo Triângulo cuja regularidade pudesse ser posta sob razoável suspeita foi destruído em Corte Marcial, sem a formalidade da medição precisa do Conselho Social. Os lares das Classes dos Militares e dos Artesãos foram inspecionados em um programa de visitas que durou mais de um ano; e durante esse período toda cidade, vilarejo e aldeia sofreu um expurgo sistemático do excesso de indivíduos das ordens inferiores, causado pela suspensão do Tributo a ser pago pelos Criminosos às Escolas e à Universidade e pela violação de outras Leis Naturais da Constituição da Planolândia. Assim, o equilíbrio entre as classes foi novamente restabelecido.

    Desnecessário dizer que o uso da Cor foi abolido e que sua posse foi proibida. Mesmo a menção a qualquer palavra denotando Cor, exceto pelos Círculos ou por professores de Ciências qualificados, era severamente punida. Apenas em nossa Universidade, em algumas das aulas mais elevadas e esotéricas – às quais eu mesmo jamais tive o privilégio de assistir –, existe a compreensão de que o uso parcimonioso da Cor segue permitido com o propósito de exemplificar alguns dos mais profundos problemas matemáticos. Porém, só posso comentar a partir de rumores.

    Em todas as demais partes da Planolândia, a Cor hoje é inexistente. A arte de fazê-la é conhecida por uma única pessoa, o Sumo Círculo de cada período; e ele a passa em seu leito de morte apenas a seu Sucessor. Um único fabricante a produz; e, para evitar que o segredo seja revelado, os Trabalhadores são destruídos a cada ano e substituídos por outros. Tal é o terror com que mesmo hoje nossa Aristocracia vê os distantes dias da agitação do Projeto de Lei da Cor Universal.

11. Sobre nossos Sacerdotes

Já está mais do que na hora de passar dessas notas breves e discursivas sobre coisas na Planolândia para o evento central deste livro, minha iniciação nos mistérios do Espaço. *Esse* é o meu tema; tudo que veio antes é meramente prefácio.

Por essa razão devo omitir muitos outros assuntos cuja explicação, sem falsa modéstia, seria de interesse para meus Leitores: como o nosso método de propulsão e frenagem, embora não tenhamos pés; os meios pelos quais construímos estruturas firmes de madeira, pedra ou tijolo, embora obviamente não tenhamos mãos, nem possamos fazer fundações como vocês, nem nos valer da pressão lateral da terra; o modo como a chuva ocorre regularmente entre nossas várias zonas, de modo que as regiões ao norte não interceptam a umidade que cairá no sul; a natureza de nossas colinas e minas, de nossas árvores e vegetais, nossas estações e as colheitas; nosso Alfabeto, compatível com nossas tabuletas lineares; nossos olhos, adaptados a nossos lados lineares; esses e uma centena de outros detalhes de nossa existência física devo deixar de lado; e se os menciono aqui é unicamente para indicar a meus Leitores que sua omissão decorre não de esquecimento da parte do Autor, mas da consideração pelo tempo do Leitor.

No entanto, antes de passar para meu verdadeiro tema, algumas observações finais sem dúvida são esperadas por meus Leitores sobre aqueles pilares e esteios da Constituição da Planolândia, aqueles que controlam nossa conduta e moldam nosso destino, os objetos da homenagem universal e quase de adoração – será preciso dizer que me refiro a nossos Círculos ou Sacerdotes?

Quando os chamo de Sacerdotes, deve-se entender que digo mais do que o termo significa para vocês. Entre nós, os Sacerdotes são Administradores de todos os Negócios, da Arte e da Ciência; dirigem as Relações Internacionais, o Comércio, o Generalato, a Arquitetura, a Engenharia, a Educação, a Política, a Legislação, a Moralidade, a Teologia; sem que eles próprios façam qualquer coisa, são eles as Causas de tudo que é digno de se fazer e que é feito por outros.

Embora popularmente todos que são chamados de Círculo sejam considerados Círculos, entre as classes mais instruídas sabe-se que nenhum Círculo é de fato um Círculo, mas apenas um Polígono com um número muito grande de lados muito pequenos. À medida que o número de lados aumenta, um Polígono se aproxima de um Círculo; e quando o número é realmente muito grande, digamos trezentos ou quatrocentos, é extremamente difícil mesmo para o tato mais sensível identificar quaisquer ângulos poligonais. Ou deixe-me dizer melhor: *seria* difícil pois, como demonstrei anteriormente, o Reconhecimento por Tato é desconhecido na mais alta sociedade, e *sentir* um Círculo seria considerado um insulto absolutamente audacioso. Esse hábito da abstenção do Tato na alta sociedade permite ao Círculo sustentar com maior facilidade o véu do mistério com que, desde sua mais tenra infância, ele se habitua a envolver a natureza exata de seu Perímetro ou Circunferência. Sendo o Perímetro médio de um metro, segue-se que, em um Polígono de trezentos lados, cada um não terá mais de três milímetros de extensão; e em um Polígono de seiscentos ou setecentos lados, os lados são pouco maiores do que o diâmetro de uma cabeça de alfinete na Espaçolândia. Presume-se sempre, por cortesia, que o Sumo Círculo de cada época tenha dez mil lados.

A ascensão da posteridade dos Círculos na escala social não se restringe, como acontece entre as Classes dos Regulares inferiores, pela Lei da Natureza que limita o aumento dos lados a um por geração. Fosse assim, o número de lados de um Círculo seria mera questão de *pedigree* ou aritmética; e o quadringentésimo nonagésimo sétimo descendente de um Triângulo Equilátero seria necessariamente um Polígono de quinhentos lados. Mas não é esse o caso. A Lei da Natureza prescreve dois decretos antagônicos que afetam a propagação Circular; primeiro, que à medida que a raça avança na escala do desenvolvimento, desenvolve-se em ritmo acelerado; segundo, que, na mesma proporção, a raça deve se tornar menos fértil. Por consequência, na casa de um Polígono de quatrocentos ou quinhentos lados é raro encontrar um filho; e jamais se vê mais de um. Por outro lado, já se viu o filho de um Polígono de quinhentos lados ter quinhentos e cinquenta ou até seiscentos lados.

A Arte também contribui no processo da Evolução nos níveis mais elevados. Nossos médicos descobriram que os lados pequenos e suaves de um bebê Polígono das Classes Superiores podem ser fraturados, e sua estrutura como um todo, remodelada com tal exatidão que um Polígono de duzentos ou trezentos lados por vezes – mas nem sempre, pois o processo inclui sérios riscos –, mas por vezes salta duzentas ou trezentas gerações. E, por assim dizer, duplica-se de um só golpe a quantidade de seus ancestrais e a nobreza de sua descendência.

Muitas crianças promissoras são assim sacrificadas. Dificilmente uma a cada dez sobrevive. No entanto, a ambição dos pais é tão grande entre tais Polígonos que estão, por assim dizer, às margens da Classe Circular, que é muito raro encontrar um Nobre de tal posição na sociedade que tenha deixado de colocar seu primogênito no Ginásio Neoterapêutico Circular antes de ele completar o primeiro mês de vida.

O primeiro ano determina o sucesso ou o fracasso. Ao final desse período, a criança, segundo todas as probabilidades, terá acrescentado um número a mais aos túmulos que lotam o Cemitério Neoterapêutico. Porém, em raras ocasiões uma feliz procissão devolve o pequenino a seus pais exultantes, já não mais sendo um Polígono, mas um Círculo, pelo menos por cortesia; e um único caso em que se atinja um resultado tão abençoado induz multidões de pais Poligonais a se submeterem a semelhantes sacrifícios domésticos, com um resultado diferente.

12. Sobre a Doutrina de nossos Sacerdotes

Quanto à doutrina dos Círculos, poderá ser resumida em uma única máxima, "Cuidai de vossa configuração". Sejam políticos, eclesiásticos ou morais, todos os seus ensinamentos têm como objetivo o aprimoramento da Configuração individual e coletiva – com especial referência evidentemente à Configuração dos Círculos, à qual todos os demais objetivos são subordinados.

É mérito dos Círculos terem efetivamente sufocado aquelas antigas heresias que levavam os homens a desperdiçar energia e compaixão na vã crença de que a conduta depende da vontade, do esforço, do treinamento, do incentivo, do elogio ou de qualquer outro fator que não a Configuração. Foi Pantociclus – o ilustre Círculo mencionado anteriormente como o responsável por debelar a Revolta das Cores – quem primeiro convenceu a humanidade de que a Configuração faz o homem; que, por exemplo, caso você tenha nascido um Isósceles com dois lados desiguais, certamente fracassará, a não ser que consiga igualá-los – e para isso deverá ir ao Hospital dos Isósceles; do mesmo modo, se você é um Triângulo ou Quadrado ou mesmo um Polígono e nasceu com alguma irregularidade, deverá ser levado a um dos Hospitais Regulares para que sua doença seja curada; de outro modo, você terminará seus dias na Prisão Estadual ou transfixado pelo ângulo do Carrasco Estatal.

Todas as falhas ou defeitos, do mais leve mau comportamento ao mais hediondo dos crimes, foram atribuídas por Pantociclus a algum desvio em relação à perfeita regularidade na figura corporal, causada talvez (não sendo congênita) por alguma colisão numa turba; por negligenciar os exercícios; ou por fazer exercícios demais; ou mesmo por uma súbita mudança de temperatura, que resulta no encolhimento ou expansão de alguma das partes suscetíveis da estrutura. Portanto, concluiu aquele ilustre Filósofo, nem a boa nem a má conduta são dignas, numa avaliação sóbria, de elogio ou censura. Pois por que se deveria elogiar, por exemplo, a integridade de um Quadrado que defende lealmente os interesses de seu cliente quando, na realidade, o que se deve admirar é a exata precisão de seus ângulos retos? Ou ainda, por que censurar um Isósceles mentiroso ou ladrão quando o que se deveria é deplorar a desigualdade incurável de seus lados?

Teoricamente, essa doutrina é inquestionável; porém ela enfrenta dificuldades práticas. Ao lidar com um Isósceles, caso um patife afirme que não consegue evitar cometer furtos em razão de sua desigualdade, você responde que por esse exato motivo, por ele não conseguir deixar de ser um incômodo para seus vizinhos, você, o Magistrado, não pode deixar de condená-lo à destruição – e fim de conversa. Mas em pequenas dificuldades domésticas nas quais a pena de destruição, ou de morte, está fora de questão, essa teoria da Configuração por vezes causa embaraços. E devo confessar que às vezes, quando algum de meus Netos Hexagonais diz que não devo censurar sua desobediência por uma súbita mudança de temperatura ter sido demais para seu Perímetro, e sim culpar a sua Configuração, que só pode ser fortalecida por uma abundância dos mais refinados doces, não consigo ver como eu poderia rebater isso logicamente nem como poderia aceitar de modo prático suas conclusões.

De minha parte, considero melhor presumir que uma boa bronca ou castigo tenham alguma influência latente e fortalecedora sobre a Configuração de meu Neto; embora admita que não tenha base para pensar assim. Em todo caso, não estou sozinho nesse modo de me desembaraçar desse dilema; pois vejo que muitos integrantes dos mais altos Círculos, que atuam como Juízes nos tribunais de Justiça, servem-se de elogios e censuras ao tratar com Figuras Regulares e Irregulares; e nas casas deles sei por experiência que, ao repreender seus filhos, falam sobre "certo" e "errado" com a mesma veemência e paixão que teriam caso acreditassem que tais nomes representam existências reais, e como se uma Figura humana fosse genuinamente capaz de escolher entre um e outro.

Ao fazer com que essa política de tornar a Configuração a ideia central de todas as mentes, os Círculos revertem a natureza daquele Mandamento que na Espaçolândia regula as relações entre pais e filhos.

Entre vocês, os filhos são ensinados a honrar os pais; entre nós – depois dos Círculos, que são o principal objeto de homenagem universal –, um homem é ensinado a honrar seu Neto, caso o tenha; ou, caso não o tenha, seu Filho. Por "honrar", contudo, de modo algum se pretende dizer "ser indulgente", mas sim ter uma reverente consideração por seus mais elevados interesses; e os Círculos ensinam que a tarefa dos pais é subordinar seus próprios interesses aos interesses de sua posteridade, o que leva a um aprimoramento do bem-estar de todo o Estado assim como do bem-estar de seus próprios descendentes imediatos.

O ponto fraco no sistema dos Círculos – caso um humilde Quadrado possa ter a ousadia de dizer que algo Circular tenha elementos de fraqueza – parece-me estar em suas relações com as Mulheres.

Sendo da maior importância para a Sociedade que os nascimentos Irregulares sejam desestimulados, segue-se que nenhuma Mulher que tenha Irregularidades entre seus ancestrais é parceira adequada para alguém que deseje que sua posteridade suba por meio de degraus regulares na escala social.

A Irregularidade de um Macho é questão de medição; porém as Mulheres são todas Linhas Retas, e, portanto, visualmente Regulares; porém, por assim dizer, é preciso inventar outros meios de determinar aquilo que eu poderia chamar de Irregularidade invisível, o que significa dizer suas potenciais Irregularidades no que tange à possível prole. Isso é realizado por meio de *pedigrees* registrados de maneira cuidadosa, preservados e supervisionados pelo

Estado; e, sem um *pedigree* certificado, nenhuma Mulher tem permissão para se casar.

Poderia se imaginar que um Círculo – orgulhoso de sua ascendência e atento à possibilidade de que sua posteridade possa talvez mais adiante gerar um Sumo Círculo – seria mais cuidadoso do que qualquer outro ao escolher uma esposa sem máculas em seu brasão. Mas não é assim. O cuidado ao escolher uma esposa Regular parece diminuir à medida que o indivíduo sobe na escala social. Nada induziria um Isósceles ambicioso, com esperanças de gerar um Filho Equilátero, a tomar por esposa alguém com uma única Irregularidade entre seus ancestrais; um Quadrado ou Pentágono, confiante de que sua família se encontra em ascensão estável, não investiga mais do que quinhentas gerações; um Hexágono ou Dodecágono é ainda mais descuidado quanto ao *pedigree* da esposa. Porém já se soube de um Círculo que deliberadamente tomou por esposa uma Mulher com um Bisavô Irregular, e apenas em função de uma leve superioridade no brilho ou dos encantos de uma voz baixa – algo que, entre nós, ainda mais do que entre vocês, é visto como "algo excelente em uma Mulher".

Esses casamentos imprudentes são, como se poderia esperar, estéreis, isso quando não resultam em Irregularidades ou na diminuição de lados; porém nenhum desses males até aqui se provou suficiente para impedir a prática. A perda de uns poucos lados em um Polígono altamente desenvolvido não é percebida com facilidade, e por vezes é compensada por uma bem-sucedida cirurgia no Ginásio Neoterapêutico, conforme descrevi anteriormente; e os Círculos têm grande disposição a conformarem-se com a infecundidade como Lei do desenvolvimento superior. No entanto, caso esse mal não seja detido, a gradual diminuição da Classe Circular poderá em breve se acelerar e poderá não estar longe o momento em que, a raça não sendo mais capaz de produzir um Sumo Círculo, a Constituição da Planolândia deva perecer.

Uma outra palavra de alerta me ocorre, embora eu não tenha como mencionar um remédio com a mesma facilidade; e também ela se refere a nossas relações com as Mulheres. Cerca de trezentos anos atrás, o Sumo Círculo decretou que, sendo as Mulheres deficientes em Razão, mas abundando em Emoção, não mais deveriam ser tratadas como racionais nem deveriam receber qualquer educação mental. A consequência foi que elas já não eram mais ensinadas a ler nem mesmo a dominar a Aritmética a ponto de possibilitar que contassem os ângulos de maridos ou filhos; e assim, a cada geração a capacidade intelectual delas declinava sensivelmente. E esse sistema de não educação das Fêmeas ou quietismo ainda prevalece.

Meu temor é que, com a melhor das intenções, essa política tenha sido levada longe a ponto de causar danos para o Sexo Masculino.

Pois a consequência é que, do modo como as coisas são hoje, nós Machos somos forçados a levar uma espécie de existência bilíngue, e quase posso dizer bimental. Com as Mulheres, falamos de "amor", "dever", "certo", "errado", "piedade", "esperança" e outras concepções irracionais e emocionais que não têm existência e cuja ficção tem por único objetivo o controle das exuberâncias femininas; porém entre nós, e em nossos livros, temos um vocabulário, e quase posso dizer um idioma completamente diferente. "Amor" se transforma na "antecipação de benefícios"; "dever" se torna "necessidade" ou "adequação", e outras palavras sofrem equivalente transmutação. Além disso, estando entre Mulheres, usamos linguagem que implica a maior das deferências por seu Sexo; e elas acreditam plenamente que o próprio Sumo Círculo não é mais devotamente adorado por nós do que elas: porém pelas costas nós as consideramos pouco melhores do que "organismos acéfalos" e assim falamos delas – à exceção das muito jovens.

Nossa Teologia quando estamos nos aposentos de uma Mulher também é completamente diferente do que em qualquer outro lugar.

Meu humilde temor é que esse duplo treinamento, na linguagem assim como no pensamento, imponha um fardo pesado demais aos jovens, especialmente quando, aos três anos, eles são tirados dos cuidados maternos e ensinados a desaprender a antiga linguagem – exceto para o propósito de repeti-la na presença de suas Mães e Babás – e a aprender o vocabulário e o idioma da Ciência. Tenho a impressão de já discernir uma fraqueza na compreensão das verdades matemáticas no presente ao compará-las com o intelecto mais robusto de nossos ancestrais há trezentos anos. Não digo nada sobre o possível perigo caso uma Mulher sub-repticiamente aprenda a ler e transmita a seu sexo os resultados de sua leitura de um único volume popular; nem sobre a possibilidade de que a indiscrição ou a desobediência de uma criança do Sexo Masculino possa revelar a uma Mãe os segredos do dialeto lógico. Com base simplesmente no enfraquecimento do intelecto Masculino, deixo esse modesto apelo às mais altas autoridades para que reconsiderem os regulamentos da Educação Feminina.

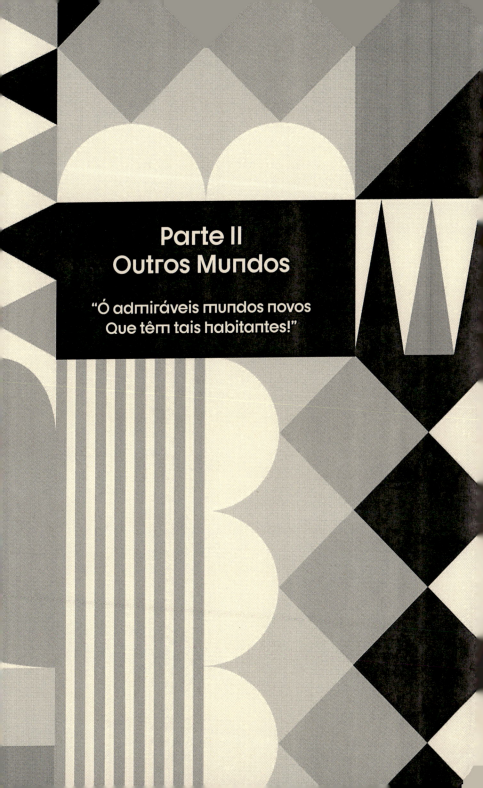

Parte II
Outros Mundos

"Ó admiráveis mundos novos
Que têm tais habitantes!"

13. Como eu tive uma Visão da Linhalândia

Era o penúltimo dia do ano 1999 de nossa era e o primeiro dia das Longas Férias. Após me entreter até tarde com minha recreação favorita, a Geometria, eu me recolhi para descansar tendo na cabeça um problema não resolvido. À noite tive um sonho.

Vi diante de mim uma vasta multidão de pequenas Linhas Retas (que naturalmente presumi serem Mulheres) intercaladas por outros Seres ainda menores que eram Pontos brilhantes – todos se movendo para a frente e para trás numa mesma Linha Reta e, até onde eu era capaz de julgar, com a mesma velocidade.

Um múltiplo barulho de gorjeio ou trinado era emitido por eles a intervalos enquanto se moviam; porém às vezes paravam de se mover e então tudo era silêncio.

Aproximando-me de uma das maiores Figuras da classe que imaginei serem Mulheres, abordei-a, mas não obtive resposta. Um segundo e um terceiro apelos de minha parte foram igualmente ineficientes. Perdendo a paciência com o que me parecia ser uma grosseria intolerável, coloquei minha boca exatamente diante da boca da Figura, como se tentasse interceptar seu movimento, e repeti alto minha pergunta:

"Mulher, o que significa essa multidão e esse estranho e confuso chilrear e esse monótono movimento para a frente e para trás sempre seguindo uma mesma Linha Reta?"

"Não sou Mulher", respondeu a pequena Linha; "Sou o Monarca do mundo. Porém vós, de onde vindes para intrometer-vos em meu reino da Linhalândia?" Recebendo essa abrupta resposta, pedi desculpas caso de algum modo tivesse assustado ou aborrecido sua Majestade Real; e, me descrevendo como um estrangeiro, pedi ao Rei que me oferecesse um relato de seus domínios. Porém enfrentei a maior dificuldade que se possa imaginar para obter qualquer informação sobre temas que realmente me interessavam, pois o Monarca não conseguia evitar presumir constantemente que tudo o que lhe era familiar também deveria ser de meu conhecimento e que eu simulava ignorância apenas por gracejo. Contudo, perseverando nas perguntas, descobri os seguintes fatos:

Aparentemente esse pobre e ignorante Monarca – conforme ele se autodenominava – estava convencido de que a Linha Reta que chamava de seu Reino, e na qual passava sua existência, constituía o mundo todo, e na verdade todo o Espaço. Sem poder se mover ou ver, exceto em sua Linha Reta, ele não concebia nada além disso. Embora ouvisse minha voz quando me dirigi a ele pela primeira vez, os sons chegaram a ele de maneira tão contrária à sua experiência que não tinha respondido, "por não ver homem algum", nas palavras dele, "e ouvir uma voz que por assim dizer vinha de meus próprios intestinos". Até o momento em que coloquei minha boca em seu Mundo, ele não havia me visto nem ouvira nada, exceto confusos sons que batiam contra aquilo que eu chamava de seu lado, mas que ele chamava de *interior* ou *estômago*; e mesmo agora ele não concebia de modo algum de que região do mundo eu viera. Fora do Mundo dele ou de sua Linha, para ele tudo era um vazio; não, nem mesmo um vazio, pois vazio implica Espaço; digamos, em vez disso, que tudo era inexistente.

Seus súditos – dos quais as pequenas Linhas eram Homens e os Pontos, Mulheres – tinham todos igualmente seus movimentos e seu olhar confinados àquela única Linha Reta, que era o Mundo deles. Provavelmente nem seria necessário acrescentar que o horizonte deles era limitado a um Ponto e que nenhum deles era capaz de ver senão um Ponto. Homem, Mulher, criança, coisa – cada um era um Ponto aos olhos de um habitante da Linhalândia. Somente por meio do som da voz era possível distinguir sexo ou idade. Além disso, como cada indivíduo ocupava todo o estreito caminho, por assim dizer, que equivalia a todo o seu Universo, e como ninguém podia se mover para a direita nem para a esquerda para dar passagem a outrem, seguia-se que nenhum habitante da Linhalândia podia ultrapassar outro. Uma vez vizinhos, sempre vizinhos. A vizinhança para eles era como o casamento para nós. Vizinhos seguiam sendo vizinhos até que a morte os separasse.

Essa vida, com toda a visão limitada a um Ponto e todos os movimentos restritos a uma Linha Reta, parecia para mim ser indizivelmente aborrecida; e fiquei surpreso ao perceber a vivacidade e a alegria do Rei. Perguntando a mim mesmo se era possível, em meio a circunstâncias tão desfavoráveis para as relações domésticas, desfrutar dos prazeres da união conjugal, hesitei por algum tempo em perguntar a sua Majestade Real sobre um tema tão delicado; porém acabei mergulhando no tema ao perguntar sobre a saúde de sua família.

"Minhas Esposas e meus Filhos", ele respondeu, "estão bem e felizes."

Confuso com essa resposta – pois na vizinhança imediata do Monarca (como eu havia percebido em meu sonho antes de adentrar a Linhalândia) havia apenas Homens – ousei responder.

"Perdão, mas não consigo imaginar como pode sua Majestade Real em algum momento ver ou se aproximar de Suas Majestades, quando há pelo menos meia dúzia de indivíduos no caminho, através dos quais não se pode ver, e pelos quais não se pode passar. Será possível que na Linhalândia a proximidade não seja necessária para o casamento e a geração de filhos?"

"Como você pode fazer um questionamento tão absurdo?", respondeu o Monarca. "Se as coisas fossem como você sugere, o Universo logo ficaria despovoado. Não, não; a vizinhança não é necessária para a união de corações; e o nascimento dos filhos é uma questão demasiado importante para se permitir que dependa de um acidente como a proximidade. Certamente você não ignora tal coisa. No entanto, como lhe apraz fingir ignorância, vou instruí-lo como se fosse um bebê na Linhalândia. Fique sabendo, portanto, que os casamentos são consumados por meio da faculdade do som e do sentido da audição.

"Você sabe evidentemente que todo Homem tem duas bocas ou vozes – assim como dois olhos – uma voz de Baixo na boca de uma das extremidades, e uma voz de Tenor na outra. Eu não deveria mencionar isso, porém não fui capaz de distinguir sua voz de Tenor durante nossa conversa." Respondi que tenho apenas uma voz, e que não sabia que Sua Majestade Real tinha duas. "Isso confirma a minha impressão", disse o Rei, "de que você não é um Homem, mas uma Monstruosidade feminina com voz de Baixo e um ouvido sem qualquer treinamento. Mas vou prosseguir.

"Tendo a Natureza determinado que todo Homem se casasse com duas esposas..."

"Por que duas?", perguntei.

"Você leva longe demais essa falsa ingenuidade", ele disse. "Como poderia haver uma união perfeitamente harmoniosa sem a combinação do Quatro em Um, ou seja, o Baixo e o Tenor do Homem e o Soprano e o Contralto das duas Mulheres?"

"Porém supondo", disse eu, "que um homem preferisse ter só uma esposa, ou três?"

"É impossível", ele disse. "Isso é tão inconcebível quanto dois mais um serem cinco, ou quanto a ideia de um olho humano poder ver uma Linha Reta."

Eu o teria interrompido; mas ele prosseguiu dizendo o seguinte:

"Uma vez por semana uma Lei da Natureza nos obriga a nos movermos para a frente e para trás ritmicamente com violência fora do costume, e isso continua durante o tempo que você levaria para contar até cento e um. Em meio a essa dança coral, na quinquagésima primeira pulsação, os habitantes do Universo pausam bruscamente e cada indivíduo emite sua música mais rica, mais plena e mais doce. É nesse momento decisivo que todos os nossos casamentos acontecem. Tão esplêndida é a adaptação do Baixo com o Agudo, do Tenor com o Contralto, que frequentemente as Amadas, embora a cento e quarenta mil quilômetros de distância, reconhecem imediatamente a nota de resposta do Amante que lhes é destinado; e superando os desprezíveis obstáculos da distância, o Amor une os três. O casamento naquele instante consumado resulta em uma prole tripla de Machos e Fêmeas que se dá na Linhalândia."

"Quê! Sempre tripla?", eu disse. "Então sempre uma das esposas terá gêmeos?"

"Monstro da voz de Baixo! Sim", respondeu o Rei. "Como o equilíbrio entre os Sexos seria mantido caso não nascessem duas meninas para cada menino? Será que você ignora o próprio Alfabeto da Natureza?" Ele cessou, sem palavras devido ao acesso de fúria; algum tempo se passou antes que eu pudesse induzi-lo a retomar sua narrativa.

"Não se espera, evidentemente, que todo solteiro encontre seu par no primeiro galanteio nesse Coro de Casamento universal. Pelo contrário, a maior parte de nós repete o processo muitas vezes. Poucos são os corações destinados à felicidade de reconhecer imediatamente uns nos outros as vozes dos parceiros que a Providência lhes destinou, e a voar rumo a um enlace recíproco e perfeitamente harmonioso. Na maioria dos casos, a corte é longa. As vozes do Namorado talvez entrem em harmonia com a de uma de suas futuras esposas, mas não com as duas; ou então, inicialmente, pode ocorrer de não entrar em harmonia com nenhuma; ou pode ocorrer de a Soprano e a Contralto não terem harmonia entre si. Nesses casos a Natureza prevê que cada Coro semanal leve os três Amantes mais perto de uma harmonia. Cada teste de vozes, cada nova descoberta de dissonância, induz quase imperceptivelmente o menos perfeito a modificar sua emissão vocal de modo a se aproximar do mais perfeito. Após muitas tentativas, enfim chega o dia em que, enquanto acontece o Coro de Casamento universal na Linhalândia, os três distantes Amantes subitamente se encontram em exata harmonia, e, antes que percebam, o Trio de esposos é vocalmente arrebatado em um duplo enlace; e a Natureza rejubila com mais um casamento e três novos nascimentos."

14. Como tentei explicar em vão a natureza da Planolândia

Pensando que era hora de trazer o Monarca de seus arrebatamentos de volta para o nível do senso comum, resolvi empenhar-me em oferecer a ele vislumbres da verdade, ou seja: a natureza das coisas na Planolândia. Por isso comecei assim:

"Como Vossa Majestade Real distingue as formas e posições de seus súditos? Eu, de minha parte, percebi pelo sentido da visão, antes de adentrar seu reino, que alguns dos indivíduos que compõem seu povo são Linhas e outros Pontos, e que algumas das Linhas são maiores..."

"Isso que você diz é uma impossibilidade", interrompeu o Rei. "Deve ter tido um devaneio; pois detectar a diferença entre uma Linha e um Ponto por meio da visão é, como todos sabem, pela natureza das coisas, impossível. Porém, essa diferença pode ser detectada pelo sentido da audição, e esse mesmo método permite que minha forma seja determinada com exatidão. Veja: sou uma Linha, a mais longa da Linhalândia, com mais de dezesseis centímetros de Espaço..."

"De extensão", ousei sugerir.

"Tolo", disse ele. "Espaço é Extensão. Interrompa-me novamente e pararemos por aqui."

Pedi desculpas; porém ele continuou irônico:

"Sendo você insensível a argumentos, ouça como por meio de minhas duas vozes eu revelo minha forma para minhas Esposas, que estão neste momento a nove mil setecentos e vinte metros e setenta e dois centímetros de distância, uma ao Norte, a outra ao Sul. Ouça, vou chamá-las."

Ele gorjeou e, então, de modo complacente continuou: "Minhas Esposas, que neste momento estão recebendo o som de uma de minhas vozes, seguido de perto pelo som da outra e percebendo que esta segunda chega a seu ouvido após um intervalo no qual o som pode viajar 16,411 centímetros, vão inferir que uma de minhas bocas se encontra 16,411 centímetros mais distante do que a outra. Portanto, saberão que minha forma tem 16,411 centímetros. Porém você, é claro, compreende que minhas Esposas não fazem esse cálculo toda vez que ouvem minhas duas vozes. Elas o fizeram, uma única vez, antes de nos casarmos. Mas elas *poderiam* fazer de novo a qualquer momento. E do mesmo modo sou capaz de estimar a forma de qualquer um de meus súditos do Sexo Masculino pelo sentido da audição".

"Mas e caso", eu disse, "um Homem finja uma voz de Mulher usando uma de suas duas vozes ou disfarce sua voz do Sul de tal modo que ela não possa ser reconhecida como eco da voz do Norte? Enganos como esses não podem causar grandes inconveniências? E vocês não contam com algum meio de checar fraudes desse tipo determinando que os súditos que são vizinhos uns dos outros façam a conferência pelo sentido do tato?" Essa evidentemente era uma pergunta estúpida; pois o tato não poderia atender ao propósito, mas eu perguntei com o intuito de irritar o Monarca, e tive sucesso absoluto.

"O quê!", ele gritou horrorizado. "Explique o que você quer dizer."

"Sentir, tocar, entrar em contato", respondi.

"Se por *tato*, você quer dizer se aproximar a ponto de não deixar espaço entre dois indivíduos, saiba, Estranho, que essa ofensa em meus domínios é punida com a morte. E a razão é evidente. A frágil forma de uma Mulher, podendo ser destruída por uma aproximação como essa, deve ser preservada pelo Estado; porém como os Homens não têm como distinguir as Mulheres pelo sentido da visão, a Lei determina de maneira universal que nem Homem nem Mulher devem chegar perto a ponto de destruir o intervalo entre aquele que se aproxima e o objeto da aproximação.

"E na verdade qual propósito poderia ser servido por esse excesso de aproximação que contraria a Lei e a Natureza a que você chama *tato*, quando todos os fins de um tal procedimento brutal e grosseiro podem ser atingidos de maneira mais fácil e precisa pelo sentido da audição? Quanto ao risco de engodo que você menciona, ele não existe, pois a Voz, sendo a essência de cada Ser, não pode ser modificada arbitrariamente. Porém, supondo que eu tivesse a capacidade de atravessar coisas sólidas, de modo que pudesse penetrar em meus súditos, verificando o tamanho e a distância de cada um pelo sentido do *tato*: quanto tempo e energia seriam desperdiçados com esse método desajeitado e impreciso! Ao passo que agora, com um momento de audição, faço por assim dizer o censo e levanto estatísticas locais, corporais, mentais e espirituais de todo ser vivo na Linhalândia. Escute, apenas escute!"

Ao dizer isso ele parou e escutou, como que extasiado, um som que não me pareceu melhor do que um minúsculo gorjeio em meio a uma incontável multidão de gafanhotos liliputianos.

"Realmente", eu respondi, "a audição tem sido de grande valia para vocês, e compensa muitas de suas deficiências. Porém me permita dizer que a vida de vocês na Linhalândia deve ser terrivelmente tediosa. Não ver nada além de um Ponto! Não ser sequer capaz de contemplar uma Linha Reta! Não, nem mesmo saber o que é uma Linha Reta! Possuir o sentido da visão e, no entanto, ser privado das perspectivas Lineares a que temos acesso na Planolândia! Certamente seria melhor não ter o sentido da visão a ver tão pouco! Admito que não tenho a audição tão perfeita quanto a sua; pois o concerto de toda a Linhalândia que a vocês fornece prazer tão intenso para mim não é superior a uma multidão de piados ou gorjeios. Porém eu pelo menos consigo discernir, usando a visão, uma Linha de um Ponto. E deixe-me provar isso. Pouco antes de adentrar seu reino, vi vocês dançando da esquerda para a direita e depois da direita para a esquerda, com sete Homens e uma Mulher logo a seu lado na esquerda e oito Homens e duas Mulheres à direita. Não estou correto?"

"Está correto", disse o Rei, "no que diz respeito aos números e ao sexo, embora eu não saiba o que você pretende dizer com 'direita' e 'esquerda'. Porém nego que você tenha visto tais coisas. Pois como você poderia ver a Linha, o que equivale a dizer a parte de dentro, de um Homem? Ah, você deve ter ouvido tais coisas e depois sonhado que tinha visto. E deixe que eu pergunte o que você quer dizer com as palavras 'esquerda' e 'direita'. Suponho que seja sua maneira de dizer Norte e Sul."

"Não exatamente", respondi. "Além do movimento de vocês do Norte para o Sul, existe um outro movimento que eu digo ser da direita para a esquerda."

REI
Mostre-me, por obséquio, esse movimento da esquerda para a direita.

EU
Não, não posso fazer isso, a não ser que o senhor pudesse sair completamente de sua Linha.

REI
Sair da minha Linha? Você quer dizer sair do Mundo? Fora do Espaço?

EU
Bem, sim. Fora do *seu* Mundo. Fora do *seu* Espaço. Pois o seu Espaço não é o verdadeiro Espaço. O verdadeiro Espaço é um Plano; mas o seu Espaço é apenas uma Linha.

REI
Se você não tem como indicar esse movimento da esquerda para a direita por demonstração, então peço que descreva-o para mim.

EU
Se o senhor não consegue distinguir o seu lado direito do meu esquerdo, receio que não haja palavras que possam tornar claro para o senhor o que pretendo dizer. Mas certamente o senhor não ignora uma distinção tão simples.

REI
Não compreendo absolutamente o que você diz.

EU
Ai de mim! Como poderei deixar isso claro? Quando o senhor se move para uma direção, por vezes não lhe ocorre que *seria possível* se mover em algum outro sentido, virando seu olho como que para encarar a direção para a qual seu lado está virado? Em outras palavras, em vez de sempre se mover na direção de uma de suas extremidades, o senhor nunca sente o desejo de se mover na direção, por assim dizer, de seu lado?

REI
Jamais. E o que você quer dizer? Como pode a parte de dentro de um homem estar "virada" para alguma direção? Ou como um homem poderia se mover na direção de seu interior?

EU

Muito bem, já que as palavras não podem explicar, vou tentar com ações, e vou me mover gradualmente para fora da Linhalândia, na direção que desejo indicar para o senhor.

Ao dizer isso, comecei a mover meu corpo para fora da Linhalândia. Enquanto alguma parte de mim permanecia em seus domínios e dentro de seu campo de visão, o Rei seguia exclamando, "Eu vejo você, ainda vejo você; você não está em movimento". Porém quando eu enfim havia me movido para fora de sua Linha, ele gritou com sua voz mais aguda, "Ela desapareceu; ela está morta".

"Não estou morto", respondi. "Simplesmente saí da Linhalândia, ou seja, fora da Linha Reta a que o senhor dá o nome de Espaço, e estou no verdadeiro Espaço, onde posso ver as coisas como elas são. E neste momento posso ver sua Linha, ou lado – ou seu interior, como o senhor gosta de chamá-lo. E posso ver os Homens e as Mulheres ao Norte e ao Sul do senhor, os quais posso enumerar, descrevendo sua ordem, seu tamanho e o intervalo entre cada um."

Depois de fazer essa descrição por um bom tempo, eu disse triunfante: "Será que isso enfim convence o senhor?". E, ao dizer isso, entrei novamente na Linhalândia, assumindo a mesma posição de antes.

Porém o Monarca respondeu: "Caso você fosse um Homem de bom senso – embora, já que aparentemente você é apenas uma voz e eu tenha quase certeza de que não é um Homem, e sim uma Mulher – mas, caso você tivesse uma partícula de bom senso, ouviria a razão. Você pergunta se acredito haver outra Linha além desta que indicam meus sentidos e outro movimento além deste de que tenho consciência todos os dias. Eu, em resposta, peço que descreva ou mostre por meio de movimento essa outra Linha da qual fala. Em vez de se mover, você simplesmente exercita alguma arte mágica de desaparecer e voltar a ser visto; e em vez de uma descrição lúcida de seu novo Mundo, simplesmente me diz os números e os tamanhos de cerca de quarenta integrantes de meu séquito, fatos conhecidos por qualquer criança de minha capital. Pode algo ser mais irracional ou audacioso? Reconheça sua tolice ou parta de meus domínios".

Furioso com a teimosia dele e especialmente indignado por ele se dizer ignorante quanto a meu Sexo, respondi sem comedimento: "Criatura tola! O senhor acredita ser a perfeição da existência, quando na verdade é o mais imperfeito e imbecil dos seres. Diz ver, mas só consegue ver um Ponto! Gaba-se de inferir a existência de uma Linha Reta; porém eu posso *ver* Linhas Retas e inferir a existência de Ângulos, Triângulos, Quadrados, Pentágonos, Hexágonos e até mesmo de Círculos. Qual o sentido de desperdiçar mais palavras? Basta que eu seja a versão acabada de seu ser incompleto. O senhor é uma Linha, mas eu sou uma Linha de Linhas, aquilo a que em meu país se dá o nome de Quadrado; e mesmo eu, infinitamente superior ao senhor, nada sou perto dos grandes Nobres da Planolândia, de onde vim visitá-lo, na esperança de dar luzes à sua ignorância".

Ao ouvir essas palavras, o Rei avançou na minha direção com um grito ameaçador como se fosse me perfurar na diagonal. Naquele mesmo instante, miríades de seus súditos emitiram uma profusão de gritos de guerra, que cresceram em veemência, até enfim me parecerem rivalizar com o rugido de um exército de cem mil Isósceles e a artilharia de mil Pentágonos. Fascinado e inerte, eu não conseguia nem falar nem me mover para evitar a iminente destruição; e o barulho crescia ainda mais, e o Rei se aproximava... Então acordei e o chamado para o café da manhã me despertou para as realidades da Planolândia.

15. Sobre um Estrangeiro da Espaçolândia

Dos sonhos passo para os fatos.

Era o último dia do ano 1999 de nossa era. O tamborilar da chuva anunciara havia muito o anoitecer; e eu estava sentado,* acompanhado de minha Esposa, pensando sobre os acontecimentos do passado e as perspectivas do ano que estava por começar, o novo século, o novo milênio.

Meus quatro Filhos e dois Netos órfãos haviam se recolhido a seus vários quartos; e somente minha Esposa ficara comigo para ver o antigo Milênio acabar e o novo ter seu início.

Eu estava enlevado em pensamentos, considerando algumas palavras proferidas casualmente por meu

---

* Quando digo "sentado", evidentemente não me refiro a nenhuma mudança de atitude como aquela a que vocês se referem na Espaçolândia com essa palavra; pois não tendo pés, a possibilidade de que um de nós "sente" ou "levante" (no sentido que vocês dão a essas palavras) é a mesma de que um peixe o faça.

No entanto, reconhecemos perfeitamente bem os estados mentais de volição implícitos em "deitar", "sentar" e "ficar de pé", que são em certa medida indicados a um observador por um ligeiro aumento de iluminação correspondente ao aumento de volição.

Porém, sobre isso e sobre mil outros temas congêneres, o tempo impede que eu me alongue.

Neto mais novo, jovem Hexágono muitíssimo promissor de brilho incomum e perfeita angularidade. Os tios dele e eu vínhamos dando a ele suas costumeiras aulas práticas de Reconhecimento Visual, girando em torno de nossos centros, por vezes rápido, por vezes devagar, e fazendo perguntas quanto a nossas posições. As respostas dele tinham sido tão satisfatórias que eu fora levado a recompensá-lo dando algumas dicas sobre como aplicar a Aritmética à Geometria.

Pegando nove Quadrados, todos com um centímetro de lado, eu os coloquei juntos para formar um grande Quadrado, com três centímetros de lado, e assim provei para meu pequeno Neto que – embora nos fosse impossível *ver* o lado de dentro do Quadrado – era possível determinar o número de centímetros quadrados de um Quadrado simplesmente elevando o número de centímetros de um lado à segunda potência.

"E assim", eu disse, "sabemos que 3^2, ou 9, representa o número de centímetros quadrados em um Quadrado cujo lado tem 3 centímetros de extensão."

O pequeno Hexágono meditou sobre isso por um tempo e depois disse:

"Mas você me ensinou a elevar números à terceira potência; imagino que 3^3 deva ter algum significado em Geometria; qual é o significado?"

"Absolutamente nenhum", respondi, "pelo menos não na Geometria. Pois a Geometria tem apenas duas dimensões." Então comecei a mostrar para o menino como um Ponto, ao se deslocar por três centímetros, cria uma Linha de três centímetros, que pode ser representada por 3; e como uma Linha de três centímetros, deslocando-se paralela a si mesma por três centímetros, cria um Quadrado de três centímetros de lado, que pode ser representado por 3^2.

Ao ouvir isso, meu Neto, voltando à sua sugestão anterior, começou subitamente um debate comigo e exclamou:

"Muito bem, então, se um Ponto ao se deslocar por três centímetros cria uma Linha de três centímetros, representada por 3; e se uma Linha Reta de três centímetros ao se mover paralela a si mesma cria um Quadrado de três centímetros de lado, representado por 3^2... Um Quadrado de três centímetros de lado ao se mover de algum modo paralelo a si mesmo (embora eu não veja como) deve criar um Algo (embora eu não saiba o quê) de três centímetros de lado – e isso deve ser representado por 3^3."

"Vá para a cama", eu disse, um pouco irritado com a interrupção. "Se você falasse menos bobagem, ia lembrar mais as coisas que importam."

Assim meu Neto foi dormir envergonhado; e eu fiquei ali ao lado de minha Esposa, tentando olhar em retrospectiva para 1999 e pensando nas possibilidades do ano 2000, mas sem conseguir me livrar das ideias sugeridas pela tagarelice de meu pequeno e brilhante Hexágono. Restavam uns poucos grãos de areia na ampulheta de meia hora. Despertando de meus devaneios virei a ampulheta para o Norte pela última vez no antigo Milênio; e enquanto fazia isso, exclamei em voz alta:

"O menino é um tolo."

Imediatamente me dei conta de uma Presença na sala, e um hálito frio causou um frêmito em todo o meu ser.

"Ele não é tolo", disse minha Esposa, "e você está violando os Mandamentos ao desonrar dessa forma seu próprio Neto." Mas eu não prestei atenção a ela. Olhando em torno em todas as direções, não consegui ver nada; e, no entanto, mesmo assim eu *senti* uma Presença, e tremi com a volta do frio sussurro. Eu me agitei.

"O que foi?", disse minha Esposa. "Não tem nenhuma corrente de ar; o que você está procurando? Não tem nada." Não tinha nada; e eu voltei a me sentar, novamente exclamando: "O menino é um tolo, eu insisto; 3^3 não pode ter qualquer significado em Geometria". No mesmo instante ouviu-se uma resposta claramente audível:

"O menino não é um tolo; e 3^3 tem um significado Geométrico evidente."

Minha Esposa, assim como eu, ouviu as palavras, embora ela não tenha compreendido seu significado, e nós dois saltamos na direção do som. Ficamos horrorizados ao ver diante de nós uma Figura! Num primeiro relance pareceu ser uma Mulher, vista de lado; porém um momento adicional de observação me mostrou que as extremidades perdiam o brilho rápido demais para representar alguém do Sexo Feminino; e eu teria pensado se tratar de um Círculo, mas ele mudava sua forma de maneira impossível para um Círculo ou para qualquer Figura Regular com que eu tivesse tido contato.

Porém minha Esposa não tinha a mesma experiência, nem a frieza necessária para notar essas características. Com o açodamento e os insensatos ciúmes típicos de seu Sexo, ela saltou imediatamente para a conclusão de que uma Mulher havia entrado na casa por alguma pequena brecha.

"Como essa pessoa entrou aqui?", ela exclamou. "Você me prometeu, meu querido, que não haveria ventilações em nossa nova casa."

"E não há", eu disse. "Porém o que leva você a pensar que o estranho é uma Mulher? Vejo por meio de meu poder de Reconhecimento Visual..."

"Ah, eu não tenho paciência para o seu Reconhecimento Visual", ela respondeu.

"Sentir é crer" e "Uma Linha Reta reconhecida pelo toque vale um Círculo reconhecido pela visão" – dois Provérbios muito comuns entre membros do Sexo Frágil na Planolândia.

"Bom", eu disse, pois estava com receio de irritá-la, "se é assim, exija que ela se apresente." Assumindo seus modos mais graciosos, minha Esposa avançou na direção do Estranho: "Permita-me, Madame, sentir e ser sentida...". E então, repentinamente recuando: "Oh! Não é uma Mulher, e também não há ângulos, nem vestígio de ângulos. Será que me comportei mal assim com um Círculo perfeito?".

"Na verdade, em certo sentido eu sou de fato um Círculo", respondeu a Voz, "e um Círculo mais perfeito do que qualquer um que habite a Planolândia; porém para falar de modo mais acurado, eu sou muitos

Círculos em um." Então ele acrescentou de modo mais suave: "Trago uma mensagem, Minha Senhora, para o seu marido, que não devo transmitir em sua presença e, caso a senhora aceitasse que nós dois nos retirássemos por alguns minutos...". Porém minha Esposa não estava disposta a acatar a oferta de nosso augusto Visitante, por achar que retirar-se seria incômodo para ele, e assegurou ao Círculo que o momento de ela recolher-se já passara havia muito e, pedindo reiteradas desculpas por sua recente indiscrição, ela se recolheu enfim a seus aposentos.

Olhei de relance para a ampulheta. Os últimos grãos de areia tinham caído. O terceiro Milênio havia começado.

16. Como o Estrangeiro se esforçou em vão para me revelar em palavras os mistérios da Espaçolândia

Assim que o som do Sinal-de-Paz de minha Esposa, que se recolhia, desapareceu, comecei a me aproximar do Estrangeiro na intenção de vê-lo mais de perto e de pedir que se sentasse: porém, seu surgimento me deixou perplexo a ponto de eu ficar mudo e imóvel. Sem os menores sintomas de angularidade, ele, no entanto, variava a todo instante com gradações de tamanho e brilho que dificilmente seriam possíveis para qualquer Figura dentro do escopo de minha experiência. Passou pela minha cabeça que eu poderia ter diante de mim um assaltante ou assassino, algum monstruoso Isósceles Irregular que, ao fingir a voz de um Círculo, tivesse obtido de algum modo permissão para entrar na casa, e que agora preparava-se para me perfurar com seu ângulo agudo.

Em uma sala de estar, na ausência de neblina (e a estação calhava de ser notavelmente seca), era difícil confiar no Reconhecimento Visual, especialmente tão de perto. Desesperado de medo, adiantei-me às pressas e sem cerimônia dizendo "O senhor deve me permitir, senhor..." e o toquei. Minha Esposa tinha razão. Não havia vestígio de ângulo, nem a menor aspereza ou irregularidade: jamais em minha vida eu me deparara com um Círculo mais perfeito. Ele permaneceu imóvel enquanto eu andava ao seu redor, começando pelo olho e voltando a ele novamente. Ele era totalmente circular, um Círculo perfeitamente satisfatório; não havia dúvidas quanto a isso. Então seguiu-se um diálogo, que vou esforçar-me para representar o melhor que posso, omitindo apenas parte de meus profusos pedidos de desculpas – pois eu estava coberto de vergonha e humilhação por eu, um Quadrado, ter cometido a impertinência de tocar um Círculo. O diálogo foi iniciado pelo Estrangeiro com certa impaciência pela demora de meu processo de apresentação.

ESTRANGEIRO
Já me sentiu o bastante? Ainda não me considera apresentado ao senhor?

EU
Ilustríssimo senhor, perdoe minha falta de jeito, que tem origem não na ignorância dos costumes da sociedade educada, mas em uma pequena surpresa e no nervosismo, derivados desta visita um tanto inesperada. E suplico que o senhor não revele minha indiscrição a ninguém, especialmente a minha Esposa. Porém, antes de Vossa Senhoria voltar a falar, deixe-me perguntar se o senhor se dignaria a satisfazer a curiosidade de alguém que ficaria feliz em saber de onde veio seu Visitante.

ESTRANGEIRO
Do Espaço, do Espaço, senhor. De onde mais?

EU
Perdão, Vossa Senhoria, mas o senhor já não estaria no Espaço, tanto vossa Senhoria como seu humilde criado, neste exato momento?

ESTRANGEIRO
Pfff! O que o senhor sabe do Espaço? Defina espaço.

EU
Espaço, meu Senhor, é a altura e a largura indefinidamente prolongados.

ESTRANGEIRO
Exato. Veja que o senhor nem sequer sabe o que é o Espaço. O senhor imagina que ele tem apenas duas dimensões; porém eu vim anunciar a você uma Terceira – altura, largura e extensão.

EU
Vossa Senhoria gosta de se divertir. Também falamos em extensão e altura, ou largura e espessura, dando assim quatro nomes para as Duas Dimensões.

ESTRANGEIRO
Mas não estou falando apenas de três nomes, e sim de Três Dimensões.

EU
Vossa Senhoria me indicaria ou explicaria em que direção fica essa Terceira Dimensão, desconhecida para mim?

ESTRANGEIRO
Eu vim dela. Fica para cima e para baixo.

EU
Minha Senhoria aparentemente quer dizer que fica para o Norte e para o Sul.

ESTRANGEIRO
Não estou falando de nada do gênero. Estou falando de uma direção para a qual o senhor não tem como olhar, por não ter olhos nas laterais.

EU
Perdão, Senhor, caso se detenha por um instante perceberá que tenho perfeitos luminares na junção de dois dos meus lados.

ESTRANGEIRO
Sim, mas para ver o Espaço o senhor precisaria ter um olho não em seu Perímetro, mas no lado, ou seja, naquilo que provavelmente o senhor chamaria de seu lado de dentro; porém nós na Espaçolândia chamaríamos de lado.

EU
Um olho do lado de dentro! Um olho em meu estômago! Vossa Senhoria zomba de mim.

ESTRANGEIRO
Não tenho ânimo para zombarias. Estou lhe dizendo que venho do Espaço ou, uma vez que o senhor não compreende o que é o Espaço, da Terra das Três Dimensões de onde apenas recentemente vim a olhar para seu Plano, que o senhor chama de fato de Espaço. Desse ponto de vista discerni tudo aquilo que o senhor chama de *sólidos* (o que para vocês significa "fechado dos quatro lados"), suas casas, suas igrejas, até mesmo seus baús e cofres, sim, inclusive o lado de dentro de vocês e seus estômagos, tudo aberto e exposto a meu olhar.

EU
Afirmações como essa são fáceis de fazer, meu Senhor.

ESTRANGEIRO
Mas não são fáceis de provar, o senhor quer dizer. Porém pretendo provar o que afirmo.
Quando desci até aqui, vi seus quatro Filhos, os Pentágonos, cada um em seus aposentos, e seus dois Netos, os Hexágonos; vi seu Hexágono mais jovem permanecer a seu lado por um tempo e depois se recolher ao quarto dele, deixando o senhor e sua Esposa sozinhos. Vi seus criados Isósceles, em número de três, na cozinha

durante a ceia, e o pequeno pajem na copa. Então vim aqui, e como pensa que vim?

EU
Pelo telhado, imagino.

ESTRANGEIRO
Não foi assim. O seu telhado, como o senhor sabe muito bem, foi consertado recentemente e não tem brecha pela qual nem mesmo uma Mulher poderia passar. Estou lhe dizendo que venho do Espaço. O senhor não se convenceu com o que falei sobre seus filhos e seus criados?

EU
Vossa Senhoria deve ter consciência de que tais fatos referentes a seu humilde servo podem ser facilmente relatados por qualquer um que habite a vizinhança, tendo Vossa Senhoria amplos meios de obter tais informações.

ESTRANGEIRO (*para si mesmo*)
Que devo fazer? Espere; um novo argumento me ocorre: quando vê uma Linha Reta – sua Esposa, por exemplo –, quantas dimensões o senhor atribui a ela?

EU
Vossa Senhoria me trata como se eu pertencesse ao vulgo que, ignorante em Matemática, supõe que uma Mulher é de fato uma Linha Reta, e tem apenas Uma Dimensão. Não, não, meu Senhor; nós Quadrados

sabemos que não é assim e sabemos tão bem quanto Vossa Senhoria que uma Mulher, embora popularmente chamada de Linha Reta, é, na verdade e do ponto de vista científico, um Paralelogramo muito estreito, tendo Duas Dimensões, assim como o resto de nós, ou seja, extensão e largura (ou espessura).

ESTRANGEIRO
Mas o próprio fato de uma Linha ser visível implica que tem ainda uma outra Dimensão.

EU
Meu Senhor, acabo de reconhecer que uma Mulher tem espessura e não apenas extensão. Vemos a extensão, inferimos sua largura; que, embora muito franzina, pode ser medida.

ESTRANGEIRO
O senhor não me compreende. Estou dizendo que quando vê uma Mulher, o senhor deve – além de inferir sua espessura – ver a extensão e *ver* aquilo que chamamos de sua *altura*; embora esta última Dimensão seja infinitesimal em seu país. Caso uma linha fosse mera extensão sem "altura", ela deixaria de ocupar espaço e se tornaria invisível. Claro que o senhor deve reconhecer isso, não?

EU
Devo confessar que não entendo absolutamente Vossa Senhoria. Quando nós na Planolândia vemos

uma Linha, vemos a extensão e o *brilho*. Caso o brilho desapareça, a linha se extingue e, como diz o senhor, deixa de ocupar espaço. Porém devo supor que Vossa Senhoria dá ao brilho o título de uma Dimensão, e que aquilo a que chamamos "brilho" o senhor chama "altura"?

ESTRANGEIRO
Não, na verdade. Quando digo "altura", falo de uma Dimensão como a sua extensão; só que, entre vocês, a "altura" não é tão facilmente perceptível, sendo extremamente pequena.

EU
Meu Senhor, a sua afirmação é facilmente testável. O senhor diz que eu tenho uma Terceira Dimensão, a que chama "altura". Ora, uma Dimensão implica direção e medição. Por favor, meça minha "altura" ou meramente indique a direção em que minha "altura" se estende, e estarei convertido. De outro modo, Vossa Senhoria há de compreender que será preciso me perdoar.

ESTRANGEIRO (*para si mesmo*)
Não tenho como fazer nenhuma dessas coisas. Como convencê-lo? Evidentemente uma afirmação clara dos fatos seguida de demonstração visual deveria bastar. Senhor, ouça:
O senhor vive em um Plano. Aquilo que o senhor chama de Planolândia é uma vasta superfície nivelada daquilo que eu poderia chamar de um fluido, sobre o qual, ou

dentro do qual, o senhor e seus conterrâneos se movem, sem se erguer acima dele ou cair abaixo de seu nível.

Eu não sou uma Figura plana, mas um Sólido. O senhor me chama de Círculo; porém na realidade não sou um Círculo, e sim uma quantidade infinita de Círculos, de tamanhos que variam de um Ponto até um Círculo de setenta e cinco centímetros de diâmetro, um colocado sobre o outro. Quando passo por seu plano, como estou fazendo agora, crio no seu plano uma seção que você, de maneira bastante correta, chama de Círculo. Pois até mesmo uma Esfera – que é o nome apropriado em meu país –, caso se manifeste a um habitante da Planolândia, deve se manifestar na forma de um Círculo.

O senhor não se lembra – pois eu, que vejo todas as coisas, discerni na noite passada a visão fantasmagórica da Linhalândia inscrita em seu cérebro –, o senhor não se lembra, eu dizia, como, ao entrar na Linhalândia, o senhor se viu compelido a se manifestar ao Rei não como um Quadrado, mas sim como uma Linha, porque aquele Reino Linear não tinha Dimensões suficientes para representá-lo como um todo, e sim apenas uma fatia ou seção sua? Precisamente do mesmo modo, o seu país de Duas Dimensões não tem espaço suficiente para me representar, um ser de Três Dimensões, e pode apenas exibir uma fatia ou seção minha, que é aquilo que o senhor pode chamar de Círculo.

O brilho reduzido de seus olhos indica incredulidade. Mas se prepare agora para receber uma prova positiva da verdade de minhas afirmações. O senhor não pode na verdade ver mais do que uma de minhas seções, ou Círculos, por vez; pois o senhor não tem a capacidade de elevar seu olhar para fora do plano da Planolândia; mas o senhor pode pelo menos ver que, à medida que me ergo no espaço, minha seção se torna menor. Veja agora, vou me erguer; e o efeito para seu olhar será que meu Círculo se tornará cada vez menor, até se reduzir a um ponto e finalmente desaparecer.

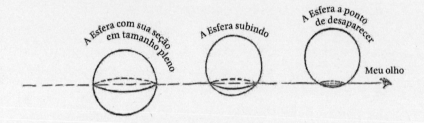

Não houve "subida" que eu pudesse ver; porém ele diminuiu e por fim desapareceu. Pisquei uma ou duas vezes para ter certeza de que não estava sonhando. Mas não era um sonho. Pois das profundezas do nada veio uma voz surda – perto do meu coração, parecia: "Eu sumi? O senhor está convencido agora? Bom, agora vou gradualmente voltar à Planolândia, e o senhor vai ver que minha seção se tornará cada vez maior".

Todo Leitor na Espaçolândia irá facilmente compreender que meu Convidado misterioso estava falando a linguagem da verdade e até da simplicidade. Porém, para mim, mesmo sendo proficiente como era na Matemática da Planolândia, não era de jeito algum uma questão simples. O diagrama grosseiro acima tornará claro para qualquer criança na Espaçolândia que a Esfera, subindo nas três posições ali indicadas, deve ter se manifestado a mim, ou a qualquer outro habitante da Planolândia, como um Círculo, primeiro de tamanho completo, depois pequeno, e por fim realmente muito pequeno, aproximando-se de um Ponto. Mas para mim, embora eu visse os fatos à minha frente, as causas continuavam obscuras como sempre. Tudo o que eu conseguia compreender era que o Círculo tinha se tornado menor e desaparecido, e que agora tinha reaparecido e estava rapidamente tornando-se maior.

Quando reconquistou seu tamanho original, ele deu um suspiro profundo; pois percebeu pelo meu silêncio que eu não tinha conseguido compreendê-lo em absoluto. E, na verdade, estava agora inclinado a crer que ele não devia ser um Círculo, mas algum prestidigitador extremamente esperto, ou então que as antigas histórias contadas por nossas Esposas eram verdade, e que afinal havia pessoas que eram Encantadores e Mágicos.

Depois de uma longa pausa ele murmurou para si: "Resta apenas um recurso, sem que eu precise recorrer à ação. Devo tentar o método da Analogia". A isso se seguiu um silêncio ainda maior, depois do qual ele deu continuidade a nosso diálogo.

ESFERA

Conte para mim, sr. Matemático; se um Ponto se move para o Norte e deixa um rastro luminoso, qual o nome que o senhor daria a esse rastro?

EU
Uma Linha Reta.

ESFERA
E uma Linha Reta tem quantas extremidades?

EU
Duas.

ESFERA
Agora imagine a Linha Reta ao Norte se movendo paralelamente a si mesma, para Leste e Oeste, de modo que cada ponto nela deixe atrás de si o rastro da Linha Reta. Que nome o senhor daria à Figura assim formada? Suponhamos que ela se move por uma distância igual à Linha Reta original. Qual seria o nome, eu pergunto?

EU
Um Quadrado.

ESFERA
E quantos lados tem um Quadrado? E quantos ângulos?

EU
Quatro lados e quatro ângulos.

ESFERA
Agora force um pouco a sua imaginação, e conceba um Quadrado na Planolândia movendo-se paralelamente a si mesmo para cima.

EU
Como assim? Para o Norte?

ESFERA
Não, não para o Norte. Para cima; completamente para fora da Planolândia.

Caso ele se movesse para o Norte, os pontos mais ao Sul do Quadrado teriam de passar pelas posições anteriormente ocupadas pelos pontos ao Norte. Mas não é isso que pretendo dizer.

O que quero dizer é que todo Ponto seu – pois sendo um Quadrado o senhor servirá para ilustrar a situação –, todo Ponto seu, ou seja, aquilo que o senhor chama de a sua parte de dentro, subirá pelo Espaço de modo que nenhum Ponto deva passar pela posição previamente ocupada por algum outro Ponto; porém cada Ponto deve descrever uma Linha Reta própria. Isso tudo está de acordo com a Analogia; certamente isso deve estar claro para o senhor.

Contendo minha impaciência – pois agora eu estava fortemente tentado a me atirar cegamente sobre meu Visitante e a atirá-lo no Espaço ou para fora da Planolândia, seja para onde fosse, desde que me livrasse dele –, eu respondi:

"E qual poderá ser a natureza da Figura que eu formarei por meio desse movimento que o senhor descreve usando a expressão 'para cima'? Presumo que seja possível descrevê-la na linguagem da Planolândia."

ESFERA
Ah, certamente. É algo direto e simples, e que tem concordância total com a Analogia... Apenas para ser claro: o senhor não deve falar do resultado como uma Figura, mas sim um Sólido. Mas vou descrevê-la para o senhor. Ou melhor, não eu, e sim a Analogia.
Começamos com um simples Ponto, que evidentemente – sendo ele mesmo um Ponto – tem apenas *um* Ponto terminal.
Um Ponto produz uma Linha com *dois* Pontos terminais.
Uma Linha produz um Quadrado com *quatro* Pontos terminais.
Agora o senhor mesmo pode dar a resposta para a sua própria pergunta: 1, 2, 4, estão evidentemente em Progressão Geométrica. Qual é o próximo número?

EU
Oito.

ESFERA
Exatamente. O Quadrado produz *Algo-cujo-nome-o--senhor-ainda-não-conhece-mas-que-vamos-chamar-de--Cubo* com *oito* Pontos terminais. Agora o senhor está convencido?

EU
E essa Criatura tem lados, além de ângulos, ou aquilo que o senhor chama de "Pontos terminais"?

ESFERA
É claro, e tudo de acordo com a Analogia. Porém, para ser claro, não aquilo que *o senhor* chama de lados, mas aquilo que *nós* chamamos de lados. O senhor os chamaria de *sólidos*.

EU
E quantos sólidos ou lados pertencerão a esse Ser que eu vou gerar pelo movimento de meu lado de dentro indo "para cima", e que o senhor chama de Cubo?

ESFERA
Como pode o senhor fazer tal pergunta? E sendo um matemático! O lado de qualquer coisa está sempre, se assim posso dizer, uma Dimensão atrás da coisa. Por consequência, como não há uma Dimensão atrás de um Ponto, um Ponto tem 0 lados; uma Linha, se assim posso me expressar, tem dois lados (pois os Pontos de uma Linha por cortesia podem ser chamados de seus lados); um Quadrado tem 4 lados; 0, 2, 4; como o senhor chamaria essa Progressão?

EU
Aritmética.

ESFERA
E qual é o próximo número?

EU
Seis.

ESFERA
Exatamente. Então o senhor vê que respondeu à própria pergunta. O Cubo que o senhor irá gerar será limitado por seis lados, o que equivale a dizer seis dos seus lados de dentro. Agora o senhor entendeu tudo, hein?

"Monstro", berrei, "seja o senhor um prestidigitador, um encantador, um sonho ou um demônio, não mais tolerarei suas zombarias. Ou o senhor ou eu devemos perecer." E, dizendo essas palavras, precipitei-me sobre ele.

17. Como a Esfera, tendo em vão tentado palavras, recorreu a atos

Foi em vão. Levei meu mais duro ângulo direto a uma violenta colisão com o Estrangeiro, batendo nele com força suficiente para destruir qualquer Círculo comum. Mas eu podia senti-lo lenta e inexoravelmente escapando de meu contato; não desviando para a direita nem para a esquerda, mas de algum modo saindo do mundo e desaparecendo no vácuo. Logo havia um vazio. Mas eu seguia ouvindo a voz do Intruso.

ESFERA
Por que o senhor se recusa a ouvir a razão? Eu tinha esperanças de encontrar no senhor – sendo um homem de bom senso e um bom matemático – um apóstolo adequado para o Evangelho das Três Dimensões, que só tenho permissão para pregar uma vez a cada mil anos; porém agora não sei como convencê-lo. Espere, eu sei. Ações, e não palavras, deverão levar à verdade. Escute, meu amigo.

Já lhe contei que da minha posição no Espaço é possível ver o lado de dentro de tudo que o senhor considera fechado. Por exemplo, vejo naquele armário perto do qual o senhor está vários exemplares daquilo que chamaria de caixas (mas como tudo mais na Planolândia, elas não têm topo nem fundo) cheias de dinheiro; também vejo duas tábuas de contas. Estou prestes a descer àquele armário e entregar para o senhor uma daquelas tábuas. Vi o senhor trancar o armário meia hora atrás, e sei que a chave está em sua posse. Mas eu desço do Espaço; as portas, o senhor vê, permanecem imóveis. Agora estou no armário e pegando a tábua. Agora ela está comigo. Agora subo com ela.

Fui às pressas até o armário e abri a porta. Uma das tábuas havia desaparecido. Com um riso de escárnio, o Estrangeiro apareceu no outro canto da sala, e ao mesmo tempo a tábua apareceu no chão. Eu a peguei. Não havia como ter dúvidas – era a mesma tábua que havia sumido.

Gemi horrorizado, duvidando de minhas próprias faculdades mentais, porém o Estrangeiro continuou: "Certamente agora o senhor vê que a minha explicação é a única compatível com o fenômeno. Aquilo a que o senhor chama sólidos na verdade são superfícies; aquilo a que o senhor chama Espaço na verdade nada mais é do que um grande Plano. Eu estou no Espaço e olhando para baixo vejo o lado de dentro das coisas de que o senhor só vê as laterais. O senhor poderia deixar este Plano, caso tivesse a vontade necessária. Um leve movimento para cima ou para baixo permitiria ao senhor ver o que vejo.

"Quanto mais alto eu subo, e quanto mais me distancio de seu Plano, mais posso ver, embora eu veja, é claro, em menor escala. Por exemplo, estou subindo; agora posso ver o seu vizinho, o Hexágono, e a família dele em seus vários aposentos; agora vejo o lado de dentro do Teatro, a dez portas de distância, de onde a plateia está saindo neste momento; e do outro lado um Círculo em seu escritório, sentado diante de seus livros. Agora devo voltar ao senhor. E, como coroação da prova, o que o senhor diz de eu tocar, apenas roçar de leve, o seu estômago? Isso não causará nenhum dano sério ao senhor, e a leve dor que poderá sentir nada será se comparada ao decorrente benefício mental."

Antes que eu pudesse pronunciar qualquer palavra de protesto, senti uma dor aguda no meu interior, e um riso demoníaco pareceu vir de dentro de mim. No momento seguinte a agonia havia cessado, deixando apenas uma leve dor, e o Estrangeiro começou a reaparecer, dizendo, enquanto crescia gradualmente de tamanho, "Então, não machuquei o senhor seriamente, não é mesmo? Se o senhor não estiver convencido agora, não sei o que irá convencê-lo. O que o senhor me diz?".

Minha resolução estava tomada. A mim parecia intolerável suportar a existência estando sujeito às visitas arbitrárias de um Mágico que pudesse fazer tais truques até com o interior de uma pessoa. Se eu pudesse de algum modo prendê-lo contra a parede até que a ajuda chegasse!

Mais uma vez atirei-me sobre ele com meu ângulo mais duro, ao mesmo tempo alarmando a casa toda com gritos de socorro. Creio que, assim que dei início à investida, o Estrangeiro tenha descido abaixo de nosso

Plano e teve de fato dificuldades para levantar. Em todo caso, ele permaneceu imóvel enquanto eu, ouvindo, segundo imaginava, o som de alguma ajuda a se aproximar, continuei pressionando-o com vigor redobrado e continuei a gritar pedindo ajuda.

Um tremor convulsivo correu pela Esfera. "Não pode ser assim", imaginei ter ouvido sua voz dizer. "Ele tem de ouvir a razão ou então devo lançar mão do último recurso da civilização." Então, dirigindo-se a mim com voz mais alta, ele exclamou apressado, "Ouça, nenhum estranho deve testemunhar o que o senhor testemunhou. Mande sua Esposa voltar imediatamente, antes que ela entre no aposento. O Evangelho das Três Dimensões não pode ser violado dessa forma. Os frutos de mil anos de espera não podem ser jogados fora. Ouço que ela está vindo. Recue! Recue! Para longe de mim, ou o senhor deverá ir comigo – para onde o senhor não conhece – para a Terra das Três Dimensões!".

"Tolo! Louco! Irregular!", eu exclamei. "Jamais irei soltá-lo; o senhor irá pagar por suas imposturas."

"Há! Chegamos a isso?", rugiu o Estrangeiro. "Então conheça o seu destino: o senhor sairá de seu Plano. Dou-lhe uma, dou-lhe duas, dou-lhe três! Está feito!"

18. Como fui à Espaçolândia, e o que vi lá

Um horror indizível se apossou de mim. Houve uma escuridão; depois uma sensação de tontura, de enjoo, de uma visão que não era como a visão; vi uma Linha que não era Linha; vi Espaço que não era Espaço; eu era eu mesmo, e não era. Quando consegui dizer algo, gritei em agonia: "Ou isso é loucura ou é o Inferno". "Nenhum dos dois", respondeu calmamente a voz da Esfera. "Isso é Conhecimento; isso são Três Dimensões. Abra os olhos de novo e tente olhar fixamente."

Olhei e, para meu espanto, havia um novo mundo! Lá estava diante de mim, visivelmente corporificado, tudo que eu havia inferido, conjecturado, tudo com que eu havia sonhado, da beleza perfeitamente Circular. Aquilo que parecia ser o centro da forma do Estrangeiro estava aberto diante de mim; e, no entanto, eu não via coração, nem pulmões, nem artérias, apenas um Algo belamente harmonioso – para o qual eu não tinha palavras; mas vocês, meus Leitores da Espaçolândia, chamariam isso de superfície da Esfera.

Prostrando-me mentalmente diante de meu Guia, gritei:

"Como pode ser, ó divino ideal de consumada beleza e sabedoria, que eu veja seu lado de dentro, e, no entanto, não consiga discernir coração, pulmões, artérias, fígado?"

"Aquilo que o senhor pensa ver não é o que você vê", ele respondeu. "Não é dado ao senhor, nem a qualquer outro Ser, olhar minhas partes internas. Sou de uma ordem diferente de Seres daqueles que estão na Planolândia. Fosse eu um Círculo e o senhor poderia discernir minhas entranhas, mas eu sou um Ser composto, como disse antes, de muitos Círculos, o Muitos em Um, a que neste país chamamos Esfera. E, assim como o lado de fora de um Cubo é um Quadrado, o lado de fora de uma Esfera tem a aparência de um Círculo."

Embora estivesse perplexo com a enigmática afirmação de meu Professor, eu já não me enervava contra ele, mas o venerava em silenciosa adoração. Ele prosseguiu, com maior suavidade na voz:

"Não se incomode caso não consiga de início compreender os mais profundos mistérios da Espaçolândia. Aos poucos o senhor compreenderá. Vamos começar olhando para a região de onde o senhor veio. Volte comigo por um momento para as planícies da Planolândia, e mostrarei aquilo que esteve com tanta constância em seus raciocínios e pensamentos, mas que o senhor jamais foi capaz de enxergar com o senso da visão – um ângulo visível."

"Impossível!", gritei; mas, com a Esfera abrindo caminho, segui como num sonho, até que uma vez mais sua voz me deteve. "Olhe lá, e veja a sua própria casa Pentagonal e todos os habitantes dela."

Olhei para baixo e vi com meu olho físico toda aquela individualidade doméstica que eu até então meramente inferira com a compreensão. E como era pobre e obscura a conjectura quando comparada à realidade que eu agora observava! Meus quatro Filhos calmamente dormiam nos quartos Noroeste, meus dois Netos órfãos ao Sul; os Criados, o Mordomo, minha Filha, todos em seus vários aposentos. Apenas minha afetuosa Esposa, alarmada por minha prolongada ausência, havia saído do seu quarto e andava de um lado para outro na sala, esperando ansiosamente meu retorno. Também o pajem, despertado pelos meus gritos, havia deixado seu quarto, e sob o pretexto de averiguar se eu havia desmaiado em algum lugar, bisbilhotava o armário em meu escritório. Tudo isso agora eu podia *ver*, não meramente inferir, e à medida que chegávamos cada vez mais perto, eu discernia até mesmo os conteúdos de meu armário e os dois baús de ouro e as tábuas que a Esfera mencionara.

Tocado pela aflição de minha Esposa, eu teria saltado para baixo para tranquilizá-la, mas descobri que não conseguia me mover.

"Não se preocupe com sua Esposa", disse meu Guia. "Não a deixaremos ansiosa por muito tempo. Enquanto isso, venha comigo investigar a Planolândia."

Mais uma vez me peguei subindo pelo espaço. Era como a Esfera tinha dito. Quanto mais retrocedíamos em relação ao objeto visto, mais amplo se tornava nosso campo de visão. Minha cidade natal, com o interior de todas as casas e de todas as criaturas que havia nela, estava exposta em miniatura a meu olhar. Subimos mais e incrivelmente os segredos da terra, as profundezas das minas e das cavernas mais secretas das colinas foram desnudadas diante de mim.

Perplexo com a visão dos mistérios da terra, assim revelados diante de meus olhos indignos, eu disse a meu Companheiro:

"Veja, eu me tornei semelhante a um Deus. Pois os sábios em nosso país dizem que ver todas as coisas, ou como eles o dizem, *onividência*, é atributo apenas de Deus."

Havia algo de desdém na voz de meu Professor quando ele respondeu:

"É mesmo? Então até os batedores de carteira e assassinos de meu país devem ser venerados por seus sábios como Deuses, pois não há um único deles que não veja o mesmo que o senhor está vendo agora. Mas confie em mim, os seus sábios estão errados."

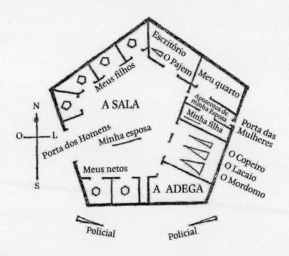

EU
Então a onividência é atributo de outros, além de Deus?

ESFERA

Não sei. Mas se um batedor de carteira ou um assassino de nosso país pode ver tudo que há em seu país, certamente não é razão para que o batedor de carteira ou o assassino seja aceito por vocês como um Deus. Essa onividência, como o senhor a chama – essa não é uma palavra comum na Espaçolândia – o torna mais justo, mais piedoso, menos egoísta, mais amoroso? Nem um pouco. Então como ela o torna mais divino?

EU

"Mais piedoso, mais amoroso!" Mas essas são as qualidades das Mulheres! E sabemos que um Círculo é um Ser mais elevado do que uma Linha Reta, na medida em que o conhecimento e a sabedoria devem ser tidos em mais alta estima do que o mero afeto.

ESFERA

Não cabe a mim classificar as faculdades humanas por mérito. No entanto, muitos dos melhores e mais sábios habitantes da Espaçolândia preferem os afetos à compreensão, têm em mais alta estima as suas desprezadas Linhas Retas do que seus louvados Círculos. Mas já basta sobre isso. Olhe lá. O senhor vê aquele prédio?

Olhei e ao longe vi uma imensa estrutura Poligonal, na qual reconheci o Auditório da Assembleia Geral dos Estados da Planolândia, cercado por densas linhas de edifícios Pentagonais em ângulos retos uns com os outros, que eu sabia serem as ruas; e percebi que estava me aproximando da grande Metrópole.

"Aqui nós descemos", disse meu Guia. Era de manhã, a primeira hora do primeiro dia do ano 2000 de nossa era. Agindo, como era costume, estritamente de acordo com os precedentes, os mais elevados Círculos do país estavam se encontrando em solene conclave, assim como haviam se encontrado na primeira hora do primeiro dia do ano 1000, e também na primeira hora do primeiro dia do ano 0.

As atas das reuniões anteriores eram agora lidas por uma Figura que imediatamente reconheci como meu irmão, um Quadrado perfeitamente Simétrico e Primeiro Escriturário do Alto Conselho. Estava registrado em cada uma das ocasiões que:

"Considerando que os estados foram perturbados por diversas pessoas mal-intencionadas fingindo ter recebido revelações de outro Mundo e que, professando ter provas disso, haviam levado a si próprios e a outros a um frenesi, decidiu-se unanimemente pelo Grande Conselho que no primeiro dia de cada milênio, injunções especiais seriam enviadas para os Prefeitos dos vários distritos da Planolândia, para que se procurasse tais pessoas transviadas e, sem a formalidade de exame matemático, que se procedesse à destruição de todos os Isósceles de qualquer grau, e à condenação ao açoite e à prisão de qualquer Triângulo regular, que qualquer Quadrado ou Pentágono fosse enviado para o manicômio distrital, e que se prendesse qualquer Figura superior, enviando-a imediatamente à Capital para ser examinada e julgada pelo Conselho."

"O senhor está ouvindo o seu destino", disse para mim a Esfera, enquanto o Conselho aprovava pela terceira vez a resolução formal. "A morte ou a prisão esperam o Apóstolo do Evangelho das Três Dimensões."

"Não é assim", respondi, "a questão agora é tão clara para mim, a natureza do verdadeiro espaço tão palpável, que creio poder fazer com que até mesmo uma criança compreenda. Permita-me descer agora e esclarecê-los."

"Ainda não", disse meu Guia, "chegará o momento. Por enquanto devo cumprir com minha missão. Permaneça onde está." Ao dizer essas palavras, ele saltou com grande destreza no mar (se é que posso assim chamá-lo) da Planolândia, bem no meio da roda de Conselheiros.

"Eu venho", ele disse, "para proclamar que existe uma terra de Três Dimensões."

Pude ver muitos dos Conselheiros mais jovens recuarem em manifesto horror, à medida que a seção circular da Esfera se ampliava diante deles. Porém a um comando do Círculo que presidia a cerimônia – que não demonstrou o menor alarme ou surpresa –, seis Isósceles de baixa extração se lançaram de seis posições diferentes sobre a Esfera.

"Nós o pegamos", eles gritaram. "Não; sim; ainda estamos com ele! Ele está indo embora! Ele se foi!"

"Meus Senhores", disse o Presidente à Juventude Circular do Conselho, "não há a menor necessidade de surpresa; os arquivos secretos, a que apenas eu tenho acesso, dizem que algo semelhante ocorreu nas duas inaugurações anteriores de milênio. Evidentemente, os senhores nada dirão sobre essas bagatelas fora do Gabinete."

Levantando a voz, ele então convocou a guarda. "Prendam os policiais; amordacem-nos. Vocês conhecem o seu dever." Depois de ter entregado os desgraçados policiais a seu destino – malfadadas e involuntárias testemunhas de um segredo de Estado que não se poderia permitir que revelassem –, ele novamente se dirigiu aos Conselheiros. "Meus Senhores, estando os assuntos do Conselho encerrados, quero apenas desejar a todos um feliz Ano Novo." Antes de partir, ele manifestou, um tanto longamente, para o Escriturário, meu excelente e infeliz irmão, sua sincera tristeza pelo fato de que, de acordo com os precedentes e em nome do sigilo, devia condená-lo à prisão perpétua, mas acrescentou com satisfação que, a não ser que ele mencionasse algo sobre o incidente daquele dia, sua vida seria poupada.

19. Como, embora a Esfera tenha me mostrado outros mistérios da Espaçolândia, eu seguia querendo mais; e o que resultou disso

Quando vi meu pobre irmão sendo levado para o cárcere, tentei saltar na Câmara do Conselho, desejando interceder por ele, ou pelo menos me despedir. Mas descobri que não conseguia me mover. Eu dependia totalmente da vontade de meu Guia, que disse em tom triste: "Não se preocupe com seu irmão; o senhor vai ter muito tempo para dizer a ele o quanto lamenta isso. Venha comigo".

Mais uma vez subimos rumo ao espaço.

"Até aqui", disse a Esfera, "mostrei ao senhor apenas Figuras Planas e seus interiores. Agora devo apresentá-lo aos Sólidos, e revelar-lhe o plano sobre o qual eles são construídos. Observe essa multidão de cartões quadrados móveis. Veja, coloco um sobre o outro, não como o senhor supôs, pondo ao Norte do primeiro, mas sim *sobre* o primeiro. Agora um segundo, agora um terceiro. Veja, estou construindo um Sólido por meio de uma série de Quadrados paralelos um ao outro. Agora o Sólido está completo, sendo tão alto quanto é longo e largo. A isso chamamos Cubo."

"Perdão, meu Senhor", respondi. "Mas para mim a aparência é a de uma Figura Irregular cujo interior está exposto à visão; em outras palavras, creio não ver um Sólido, mas sim um Plano como aqueles que inferimos na Planolândia; apenas com uma Irregularidade que deixa transparecer que se trata de um criminoso, um monstro, a ponto de sua visão ser dolorosa a meus olhos."

"Verdade", disse a Esfera. "Para o senhor parece um Plano, porque não está acostumado à luz e à sombra e à perspectiva; assim como na Planolândia um Hexágono pareceria uma Linha Reta para alguém que não domine a Arte do Reconhecimento Visual. Mas na realidade é um Sólido, como o senhor irá apreender pelo sentido do Tato."

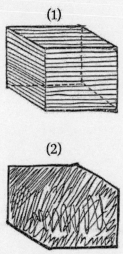

(1)

(2)

Ele então me apresentou ao Cubo, e descobri que esse ser maravilhoso na verdade não era um Plano, e sim um Sólido; e que ele possuía seis lados planos e oito pontos terminais chamados ângulos sólidos, e lembrei o que a Esfera havia dito, que uma Criatura como essa seria formada por um Quadrado em movimento, no Espaço, paralelamente a si mesmo; e fiquei feliz em pensar que uma Criatura insignificante como eu em certo sentido poderia ser chamada de Progenitor de tão ilustre prole.

Mesmo assim eu não conseguia compreender completamente o sentido do que meu Professor havia dito em relação a "luz" e "sombras" e "perspectiva"; e não hesitei em apresentar a ele minhas dificuldades.

Apresentar a explicação da Esfera quanto a esses pontos, mesmo sendo ela sucinta e clara como foi, seria tedioso para um habitante do Espaço, que já conhece essas coisas. Basta dizer que por meio de suas afirmações lúcidas, e por meio da mudança de posição de objetos e de luzes, e ao me permitir sentir os diversos objetos e até mesmo sua sagrada Pessoa, ele enfim elucidou a questão para mim, de modo que agora eu facilmente distinguia entre um Círculo e uma Esfera, uma Figura Plana e um Sólido.

Esse foi o Clímax, o Paraíso, de minha estranha e agitada História. Daqui por diante tenho de relatar a história de minha miserável Queda: miserabilíssima, ainda que certamente imerecida! Pois por que a sede por conhecimento deveria ser instigada, somente para ser frustrada e punida? Minha vontade encolhe diante da dolorosa tarefa de lembrar a humilhação; no entanto, tal qual um segundo Prometeu, suportarei isso e mais, caso de algum modo possa despertar no interior da Humanidade Plana e Sólida um espírito de rebelião contra o Conceito que tenta limitar nossas Dimensões a Duas ou Três ou a qualquer número menor que o infinito. Deixemos de lado, portanto, todas as considerações pessoais! Deixem-me continuar até o final, assim como comecei, sem maiores digressões ou antecipações, seguindo pelo simples caminho da História imparcial. Os fatos exatos, as palavras exatas – e isso está gravado a fogo no meu cérebro – devem ser apresentados sem a menor alteração; e que meus Leitores julguem entre mim e o Destino.

A Esfera teria continuado, por sua vontade, suas lições para me iniciar na doutrina da conformação de todos os Sólidos regulares, Cilindros, Cones, Pirâmides, Pentaedros, Hexaedros, Dodecaedros e Esferas; porém eu ousei interrompê-la. Não que eu estivesse cansado do conhecimento. Pelo contrário, eu sentia sede de goles maiores e mais profundos do que ela me oferecia.

"Perdão", eu disse. "Ó Vós a quem não devo mais me dirigir como a Perfeição de toda a Beleza; mas deixai-me implorar por uma visão de vosso interior."

ESFERA
Meu o quê?

EU
Vosso interior: vosso estômago, vossas entranhas.

ESFERA

De onde vem esse pedido extemporâneo e impertinente? E o que o senhor quer dizer quando afirma que não sou mais a Perfeição de toda a Beleza?

EU

Meu Senhor, a sua própria sabedoria me ensinou a aspirar a Alguém ainda maior, mais belo e mais próximo da perfeição do que vós. Uma vez que o senhor, superior a todas as formas da Planolândia, combina muitos Círculos em Um, indubitavelmente há Alguém acima de vós que combina muitas Esferas em Uma Existência Suprema, ultrapassando até mesmo os Sólidos da Espaçolândia. E assim como nós, que agora estamos no Espaço, olhamos para baixo e vemos a Planolândia, bem como o interior de todas as coisas, certamente existe alguém acima de nós, em uma região mais elevada e mais pura, aonde vós certamente pretendeis levar-me – Ó Vós a quem deverei sempre chamar, em todo lugar e em todas as Dimensões, meu Sacerdote, Filósofo e Amigo –, algum Espaço ainda mais Espacial, alguma Dimensionalidade ainda mais Dimensionável, de cujo solo poderemos olhar juntos para baixo e ver revelados o interior das coisas Sólidas; onde vossas próprias entranhas, e as entranhas das demais Esferas como vós, ficarão expostas à vista do pobre exilado da Planolândia, a quem tanto já foi concedido.

ESFERA

Pfff! Que tolice! Basta dessas frivolidades! O tempo é curto, e há muito ainda a ser feito antes que o senhor esteja em condições de proclamar o Evangelho das Três Dimensões a seus conterrâneos cegos e ignorantes na Planolândia.

EU
Não, gracioso Professor, não negai a mim aquilo que sei estar em vosso poder realizar. Concedei-me um vislumbre que seja de vosso interior, e estarei satisfeito para sempre, tornando-me daqui por diante vosso dócil pupilo, vosso escravo inemancipável, pronto a receber todos os vossos ensinamentos e a beber as palavras que saem de vossos lábios.

ESFERA
Muito bem, então, para contentá-lo e silenciá-lo, deixe-me dizer de uma vez por todas que eu mostraria aquilo que o senhor deseja caso me fosse possível; porém não tenho como fazer isso. O senhor gostaria que eu pusesse minhas vísceras para fora para agradá-lo?

EU
Mas meu Senhor mostrou as entranhas de todos os meus conterrâneos na Terra de Duas Dimensões levando-me com ele à Terra de Três Dimensões. O que, portanto, poderia ser mais fácil agora do que levar seu criado em uma segunda jornada rumo à abençoada região da Quarta Dimensão, onde poderei olhar para baixo com ele mais uma vez, dessa vez para esta terra de Três Dimensões, e ver o lado de dentro de cada casa tridimensional, os segredos da terra sólida, os

tesouros das minas na Espaçolândia e as entranhas de cada criatura viva sólida, até mesmo das nobres e adoráveis Esferas?

ESFERA
Mas onde fica essa terra das Quatro Dimensões?

EU
Não sei, mas sem dúvida meu Professor sabe.

ESFERA
Eu não. Não existe essa terra. A própria ideia de sua existência é absolutamente inconcebível.

EU
Não é inconcebível, meu Senhor, para mim, e, portanto, ainda menos inconcebível para meu Mestre. Não, eu não perco as esperanças de que, mesmo aqui, nessa região das Três Dimensões, a arte de Vossa Senhoria possa tornar a Quarta Dimensão visível para mim; assim como na Terra de Duas Dimensões a habilidade de meu Professor alegremente abriu os olhos desse seu cego criado para a invisível presença de uma Terceira Dimensão, ainda que eu não a visse.

Deixai-me recapitular o passado: não me ensinastes lá embaixo que quando eu via uma Linha e inferia um Plano, na verdade eu estava vendo uma Terceira Dimensão não reconhecida, que não equivalia ao brilho, chamada "altura"? E não se segue que, nessa região, quando vejo um Plano e infiro um Sólido, eu na verdade vejo uma Quarta Dimensão não reconhecida, que não é a mesma coisa que a cor, mas que existe, embora seja infinitesimal e impossível de ser medida?

E além disso, existe o Argumento da Analogia das Figuras.

ESFERA
Analogia! Absurdo; que analogia?

EU
Vossa Senhoria testa a memória de seu criado sobre as revelações que foram compartilhadas com ele. Não gracejai comigo, meu Senhor; tenho fome e sede de mais conhecimento. Sem dúvida não podemos *ver* essa outra Espaçolândia superior agora, por não termos um olho em nosso estômago. Mas assim como *havia* o reino da Planolândia, embora aquele pobre e minúsculo Monarca da Linhalândia não fosse capaz de se voltar para a esquerda nem para a direita para discernir a Planolândia; e assim como *havia* logo ao lado, e tocando minha estrutura, a terra das Três Dimensões, embora eu, cego e insensato desgraçado, não tivesse capacidade de tocar nela nem olho em meu interior para discerni-la... Do mesmo modo certamente existe uma Quarta Dimensão, que meu Senhor percebe com o olho interno do pensamento. E que ela deva existir me ensinou meu próprio Senhor. Ou será que ele poderá ter esquecido aquilo que ensinou a seu criado?

Quando há Uma Dimensão, um Ponto em movimento não produz uma Linha com *dois* pontos terminais? Quando há Duas Dimensões, uma Linha em Movimento não produz um Quadrado com *quatro* pontos terminais? Quando há Três Dimensões, um Quadrado não produz – esse meu olho não viu – aquele Ser abençoado, um Cubo, com oito pontos terminais?

E quando há Quatro Dimensões, um Cubo em movimento não irá – ai da Analogia, e ai do Progresso da Verdade, caso não seja assim –, não irá, eu dizia, resultar em uma Organização ainda mais divina com *dezesseis* pontos terminais?

Vede a infalível confirmação da Série: 2, 4, 8, 16, não é essa uma Progressão Geométrica? Não está isso – caso eu possa citar as palavras de meu Senhor – "estritamente de acordo com a Analogia"?

Mais uma vez, meu Senhor não me ensinastes que assim como em uma Linha existem *dois* Pontos limítrofes e em um Quadrado há *quatro* Linhas delimitadoras, do mesmo modo em um Cubo deve haver *seis* Quadrados delimitadores? Vede outra vez a Série confirmadora: 2, 4, 6, não é essa uma Progressão Aritmética? E, por consequência, não se segue necessariamente que a prole mais divina do Cubo na Terra das Quatro Dimensões deve ter oito Cubos limitadores e também que, como meu Senhor me ensinou a crer, isso está "estritamente de acordo com a Analogia"?

Ah, meu Senhor, meu Senhor, vede, deposito minha fé nas conjecturas, sem saber os fatos; e apelo a Vossa Senhoria que confirme ou negue aquilo que a lógica me antecipa. Caso eu esteja errado, cederei, e não mais apelarei por uma Quarta Dimensão; porém, caso eu esteja certo, meu Senhor ouvirá a voz da razão.

Pergunto, portanto, é fato ou não que vossos conterrâneos também testemunharam a descida de Seres de uma ordem mais elevada do que a deles próprios, entrando em cômodos fechados, assim como Vossa Senhoria entrou em minha casa, sem abrir portas ou janelas, e aparecendo e sumindo a seu bel-prazer? Estou disposto a apostar tudo nessa resposta. Negai, e daqui em diante cessarei minha voz. Apenas dai-me uma resposta.

ESFERA *(depois de uma pausa)*
Há relatos desse tipo. Porém os homens têm opiniões divergentes quanto aos fatos. E mesmo quanto aos fatos, eles os explicam de modos diferentes. Em todo caso, independentemente de quão grande possa ser a quantidade de diferentes explicações, ninguém adotou ou sugeriu a teoria de uma Quarta Dimensão. Portanto, imploro que deixemos essa ninharia de lado, e voltemos ao que importa.

EU
Eu tinha certeza disso. Tinha certeza de que aquilo que eu antecipava se confirmaria. E agora tende paciência e respondei a mais uma questão, ó melhor dos Professores! Aqueles que apareceram assim – ninguém sabe de onde – e retornaram – ninguém sabe com que destino – também eles diminuíram suas seções e desapareceram de algum modo rumo a um Espaço mais Espacial, para onde agora rogo que me vós me leveis?

ESFERA (*taciturna*)
Eles sumiram, decerto, se é que apareceram. Porém a maior parte das pessoas diz que essas visões tiveram origem no pensamento – o senhor não compreenderá o que eu digo –, no cérebro; derivam da angularidade perturbada de quem tem a visão.

EU
Dizem isso? Ah, não se deve crer neles. Ou se for de fato assim, se esse outro Espaço for de fato a Pensamentolândia, então levai-me a essa abençoada Região onde em Pensamentos devo ver o interior de todas as coisas sólidas. Lá, diante de meu olho arrebatado, um Cubo, movendo-se em uma direção absolutamente nova porém estritamente de acordo com a Analogia, de modo a fazer com que cada partícula de seu interior passe por um novo tipo de Espaço deixando um rastro... Esse cubo deve criar uma perfeição ainda mais perfeita do que ele mesmo, com dezesseis ângulos terminais extrassólidos e Oito Cubos sólidos por Perímetro. E uma vez lá, devemos parar nosso movimento de ascensão? Nessa região abençoada das Quatro Dimensões, devemos nos deter no limiar da Quinta, e não entrar nela? Ah, não! Que nossa ambição voe tão alto quanto nossa ascensão corporal. Então, cedendo a nossa investida intelectual, os portões da Sexta Dimensão irão se escancarar; depois da Sétima e então da oitava...

Por quanto tempo eu teria continuado, não sei dizer. Em vão a Esfera, com sua voz de trovão, reiterou suas ordens de silêncio e me ameaçou com as mais terríveis penas caso eu persistisse. Nada podia parar o fluxo de minhas extasiadas aspirações. Talvez a culpa fosse minha; porém eu estava genuinamente inebriado com os recentes goles de Verdade que ela mesma me havia servido. No entanto, o fim estava próximo. Minhas palavras foram interrompidas por um estampido lá fora, e por um estampido simultâneo dentro de mim, que me impeliu pelo Espaço com uma velocidade que impossibilitava a fala. Para baixo! Para baixo! Para baixo! Eu estava descendo rapidamente; e sabia que o retorno à Planolândia era meu destino. Tive um relance, um último relance-para-jamais-esquecer daquele deserto nivelado tedioso – que agora se tornaria meu Universo novamente – espraiado diante de meus olhos. Depois a escuridão. Depois, um último troar que a tudo pôs fim; e quando voltei a mim, era novamente um Quadrado rastejante comum, em meu Escritório em casa, ouvindo o Sinal-de-Paz de minha Esposa que se aproximava.

20. Como a Esfera me encorajou em uma Visão

Embora eu tenha tido menos de um minuto para refletir, senti, por uma espécie de instinto, que devia esconder aquelas experiências de minha Esposa. Não que eu percebesse, naquele momento, algum risco de que ela divulgasse meu segredo, porém sei que para qualquer Mulher na Planolândia a narrativa de minhas aventuras seria necessariamente ininteligível. Portanto tentei tranquilizá-la com alguma história inventada para a ocasião, dizendo que tinha caído acidentalmente no alçapão do porão e lá ficara, estatelado e aturdido.

A atração para o Sul em nosso país é tão leve que até mesmo para uma Mulher minha história parecia necessariamente extraordinária e quase inacreditável; porém minha Esposa, cujo bom senso excede em muito a média de seu Sexo, percebendo meu estado mais agitado do que o normal, não discutiu comigo, mas insistiu que eu estava doente e que precisava repousar. Fiquei feliz por ter um pretexto para ir me recolher a meu quarto e pensar em silêncio sobre o que havia acontecido. Quando finalmente fiquei sozinho, uma sonolência se abateu sobre mim; porém, antes que meus olhos fechassem, fiz um esforço para reproduzir a Terceira Dimensão, e especialmente o processo pelo qual um Cubo é construído por meio do movimento de um Quadrado. Não era tão claro quanto eu poderia ter desejado; mas eu lembrava que deveria ser "Para Cima, e não para o Norte", e fiquei determinado a reter essas palavras como a pista que, se agarrada com firmeza, não poderia deixar de me guiar até a solução. Assim repetindo mecanicamente, como um feitiço, as palavras "Para Cima, e não para o Norte", caí em um sono profundo e revigorante.

Durante o sono, tive um sonho. Pensei estar outra vez ao lado da Esfera, cujo tom lustroso fazia transparecer que havia deixado de lado a raiva e que estava perfeitamente afável comigo. Nós nos movíamos juntos rumo a um Ponto brilhante, porém infinitamente pequeno, para o qual meu Mestre chamou minha atenção. À medida que nos aproximávamos, pensei que partia dele um ligeiro zumbido como aqueles que vêm de vossas águas-vivas na Espaçolândia, apenas muito menos ressonante, tão sutil que até mesmo em meio ao perfeito silêncio do Vácuo pelo qual planávamos, o som só chegou a nossos ouvidos depois que em nosso voo chegamos a uma distância dele menor do que vinte diagonais humanas.

"Olhe lá", disse meu Guia. "Na Planolândia vós vivestes; sobre a Linhalândia recebestes uma visão; subistes comigo até as alturas da Espaçolândia; agora, para completar a vossa experiência, eu vos conduzo numa descida rumo ao mais profundo abismo da existência, rumo ao reino da Pontolândia, o Abismo Sem Dimensões.

"Olhai aquela criatura miserável. Aquele Ponto é um Ser como nós, mas confinado ao Golfo não-dimensional. Ele é seu próprio Mundo, seu Universo; não tem como conceber qualquer coisa que não seja ele mesmo; não conhece Extensão, Largura, nem Altura, pois não as vivenciou; não conhece nem mesmo o número Dois; nem tem ideia de Pluralidade; pois ele mesmo é seu Um e seu Todo, sendo na verdade Nada. E, no entanto, observai o perfeito autocontentamento dele, e com isso aprendei essa lição, de que o autocontentamento é vileza e ignorância, e que ter aspirações é melhor do que viver uma felicidade cega e impotente. Agora ouvi vós."

Ele cessou; e veio da pequena criatura que zumbia um tinido minúsculo, monótono, porém distinto, como aqueles que fazem os fonógrafos na Espaçolândia, em que pude perceber as seguintes palavras: "Infinita beatitude da existência! Ela é; e não há nada mais além dela".

"O que", eu disse, "aquela criatura diminuta está chamando de 'ela'?"

"Ela está se referindo a si mesma", disse a Esfera. "O senhor nunca percebeu que bebês e pessoas que pensam como bebês não conseguem distinguir entre si mesmos e o mundo, falando de si na Terceira Pessoa? Porém, silêncio!"

"Ela preenche todo o Espaço", continuou a pequena Criatura em seu solilóquio, "e aquilo que Ela preenche Ela é. O que Ela pensa é o que Ela diz; e o que Ela diz é o que Ela ouve; e Ela é em si mesma Pensadora, Enunciadora, Audiência, Pensamento, Palavra, Escuta.

Ela é o Um, e, no entanto, é o Todo no Todo. Ah, a felicidade, ah, a felicidade de Ser!"

"Não podeis tirar aquela pequena coisa de sua complacência?", perguntei. "Contai a ela como as coisas são de fato, do mesmo jeito que me contastes; revelai a ela os estreitos limites da Pontolândia e a levai a algum lugar mais elevado."

"Não é uma tarefa fácil", disse meu Mestre. "Tente o senhor."

Nesse momento, erguendo o máximo que pude a minha voz, eu me dirigi ao Ponto da forma a seguir:

"Silêncio, silêncio, desprezível Criatura. Você se denomina Tudo, mas você é o Nada; isso a que você chama de Universo é uma mera partícula de uma Linha, e uma Linha é apenas uma mera sombra se comparada a..."

"Silêncio, silêncio, o senhor disse o bastante", interrompeu a Esfera. "Agora ouça e perceba o efeito de seu palavrório sobre o Rei da Pontolândia."

O brilho do Monarca, que resplandecia mais do que nunca depois de ouvir minhas palavras, mostrava claramente que mantinha sua complacência; e eu mal havia parado de falar quando ele retomou sua ladainha.

"Ah, a alegria, ah, a alegria do Pensamento! O que Ela não pode realizar por meio do Pensamento! Seus próprios Pensamentos vindo até Ela, sugerindo sua depreciação, e com isso aumentando Sua felicidade! Doce rebelião causada a fim de levar ao triunfo! Ah, o divino poder criativo do Tudo em Um! Ah, a alegria, a alegria de Ser!"

"Veja", disse meu Professor, "o pouco efeito que tiveram suas palavras. Até onde o Monarca é capaz de compreendê-las, ele as aceita como sendo dele mesmo – pois não consegue conceber alguém que não seja ele próprio – e se vangloria com a variedade de 'Seu Pensamento' como um exemplo de Poder criativo. Deixemos esse Deus da Pontolândia na ignorante fruição de sua onipresença e onisciência; nada que o senhor ou eu podemos fazer seria capaz de resgatá-lo de sua autossatisfação."

Depois disso, enquanto flutuávamos suavemente de volta à Planolândia, eu conseguia ouvir a branda voz de meu Companheiro indicando a moral de minha visão e estimulando-me a ter aspirações e a ensinar os demais a também tê-las. De início havia ficado furioso – ele confessou – com minha ambição de elevar-me a Dimensões acima da Terceira; mas, desde lá, ele havia pensado mais sobre o tema, e não seria orgulhoso a ponto de negar seu erro diante de um Pupilo. Então começou a me iniciar nos mistérios ainda mais elevados do que aqueles que eu testemunhara, mostrando-me como construir Extrassólidos por meio do movimento dos Sólidos, e Duplos Extrassólidos por meio do movimento dos Extrassólidos, e tudo "estritamente de acordo com a Analogia", usando meios tão simples, tão fáceis, que seriam evidentes até mesmo para o Sexo Feminino.

21. Como tentei ensinar a Teoria das Três Dimensões para meu Neto, e o grau de sucesso obtido

Acordei em júbilo e comecei a refletir sobre o glorioso caminho que havia à minha frente. Eu partiria, pensei, imediatamente e evangelizaria toda a Planolândia. O Evangelho das Três Dimensões deveria ser pregado até para Mulheres e Soldados. Eu começaria com a minha Esposa.

Assim que decidi o plano de minhas operações, ouvi o som de muitas vozes na rua exigindo silêncio. Depois seguiu-se uma voz mais alta. Era a proclamação de um arauto. Ouvindo atentamente, reconheci as palavras da Resolução do Conselho, impondo a detenção, prisão ou execução de qualquer um que tentasse perverter as mentes da população com delírios, e professando ter recebido revelações de Outro Mundo.

Refleti. Não era um risco banal. Seria melhor evitá-lo omitindo qualquer menção à minha Revelação e procedendo pelo caminho da Demonstração – o que, afinal, parecia tão simples e definitivo que nada se perderia ao descartar os meios antes previstos. "Para cima, e não para o Norte" – era a pista de toda a prova.

Aquilo havia me parecido bastante claro antes de dormir; e assim que acordei, logo depois do sonho, era tão evidente quanto a Aritmética; porém de algum modo já não me parecia tão óbvio. Embora a minha Esposa tenha entrado no quarto oportunamente naquele mesmo momento, decidi, depois de trocarmos algumas palavras de diálogo comum, não começar por ela.

Meus Filhos Pentagonais eram homens de caráter e prestígio, e médicos de alguma reputação, porém não eram bons em Matemática e, portanto, não eram adequados para meu propósito. Mas me ocorreu que um jovem e dócil Hexágono, com inclinações matemáticas, seria um pupilo mais propício. Sendo assim, por que não fazer meu primeiro experimento com meu pequeno Neto precoce, cujas casuais observações sobre o sentido do 3^3 haviam ido ao encontro do que a Esfera disse? Discutindo o assunto com ele, um mero menino, eu deveria estar em perfeita segurança; pois ele não saberia nada sobre a Proclamação do Conselho; ao passo que eu não podia ter certeza de que meus Filhos não se sentiriam obrigados – tendo em vista o enorme predomínio de seu patriotismo e sua reverência pelos Círculos sobre o mero afeto cego – a me entregar para as Autoridades, caso considerassem que eu estava defendendo a sério uma heresia sediciosa sobre a Terceira Dimensão.

Porém, a primeira coisa a ser feita era satisfazer de algum modo a curiosidade de minha Esposa, que naturalmente desejava saber algo sobre as razões pelas quais o Círculo havia desejado aquele misterioso encontro, e sobre os meios que usara para entrar em nossa casa. Sem adentrar em detalhes sobre o elaborado relato que fiz a ela – um relato, receio, não tão compatível com a verdade quanto meus Leitores na Espaçolândia poderiam desejar –, devo contentar-me em dizer que enfim consegui persuadi-la a voltar em silêncio a suas tarefas domésticas sem extrair de mim qualquer referência ao Mundo das Três Dimensões. Isso feito, imediatamente mandei chamar meu Neto; pois, para confessar a verdade, a minha impressão era de que tudo que eu vira e ouvira estava de algum estranho modo me escapando, como a imagem de um sonho mal lembrado, hipnótico. E eu desejava experimentar minha habilidade de fazer um primeiro discípulo.

Quando meu Neto entrou no quarto, eu cuidadosamente fechei a porta. Então, sentando a seu lado e pegando nossas tábuas matemáticas – ou, como vocês as chamariam, Linhas –, disse a ele que iríamos continuar a lição do dia anterior. Ensinei a ele mais uma vez como um Ponto em movimento em Uma Dimensão produz uma Linha, e como uma Linha Reta em Duas Dimensões produz um Quadrado. Depois disso, forçando um riso, eu disse, "E agora, seu maroto, você queria me fazer acreditar que um Quadrado pode do mesmo modo se movendo 'Para Cima, e não para o Norte', produzir mais uma figura, uma espécie de extra-Quadrado em Três Dimensões. Diga aquilo de novo, seu pequeno tratante".

Nesse momento ouvimos mais uma vez o arauto dizendo "Atenção! Atenção!" do lado de fora, na rua, anunciando a Resolução do Conselho. Embora fosse jovem, meu Neto – que era de uma inteligência incomum para sua idade e criado em perfeita reverência à autoridade dos Círculos – assimilou a situação com uma perspicácia para a qual eu não estava preparado. Ele permaneceu em silêncio até que as últimas palavras do Anúncio tivessem deixado de soar e depois, irrompendo em lágrimas:

"Querido Vovô", ele disse, "eu estava apenas brincando, e é claro que eu não estava falando a sério; e não sabíamos nada sobre a nova Lei; e acho que não falei nada sobre a Terceira Dimensão; e tenho certeza de que não falei uma palavra sequer sobre 'Para Cima, e não para o Norte', pois isso seria um grande disparate, o senhor sabe. Como poderia algo se mover Para Cima, e não para o Norte? Para Cima, e não para o Norte! Ainda que eu fosse um bebê, eu não poderia dizer algo tão absurdo. Que tolice! Ha! ha! ha!"

"Tolice nenhuma", eu disse, perdendo a cabeça. "Aqui, por exemplo, eu pego esse Quadrado", ao dizer isso, peguei um Quadrado móvel, que estava à mão, "e o movo, veja, não para o Norte, mas... sim, eu o movo Para Cima... quer dizer, não para o Norte, mas eu o movo para algum lugar... não exatamente assim, mas de algum modo..." Aqui levei a minha frase a alguma conclusão vazia, sacudindo o Quadrado de um lado para o outro sem propósito, para grande diversão de meu Neto, que explodiu numa gargalhada mais alta do que qualquer outra que já tivesse dado. Declarou, então, que eu não estava ensinando algo a ele, e sim brincando com ele. Ao dizer isso, destrancou a porta e saiu do quarto. E assim se encerrou a minha primeira tentativa de converter um pupilo para o Evangelho das Três Dimensões.

22. Como tentei difundir a Teoria das Três Dimensões por outros meios, e o resultado obtido

O fracasso com meu Neto desencorajou-me a contar meu segredo a outros em minha casa; mas também não perdi a esperança no êxito. Apenas percebi que não devia confiar inteiramente na frase "Para Cima, e não para o Norte", e que deveria me esforçar para encontrar uma demonstração que pusesse diante dos olhos do público a questão em sua integridade; e para isso parecia necessário recorrer à escrita.

Assim dediquei vários meses à composição privada de um tratado sobre os mistérios das Três Dimensões. Porém, buscando escapar à nova Lei, caso fosse possível, falei não de uma Dimensão física, mas de uma Pensamentolândia de onde, em tese, uma Figura pudesse olhar para baixo e ver a Planolândia e ao mesmo tempo ver o lado de dentro de todas as coisas, e onde era possível supor a existência de uma Figura circundada, por assim dizer, por seis Quadrados, e contendo oito Pontos terminais. Porém, ao escrever esse livro, me peguei tristemente impedido de desenhar os diagramas que seriam necessários para meu propósito; pois evidentemente, em nosso país da Planolândia, não existem tábuas de fato, apenas Linhas, e não há diagramas, apenas Linhas, todas em uma única Linha Reta e discerníveis somente pelo tamanho e brilho; de modo que, quando terminei meu tratado (ao qual dei o título *Da Planolândia à Pensamentolândia*), tinha certeza de que não seriam muitos os que conseguiriam entender minha mensagem.

Enquanto isso, eu vivia sob uma nuvem cinzenta. Todos os prazeres empalideceram; tudo o que eu via me hipnotizava e me tentava a uma franca sedição, uma vez que eu não podia deixar de comparar o que via em Duas Dimensões com o modo como as coisas realmente eram em Três, e mal conseguia me impedir de fazer tais comparações em voz alta. Negligenciei meus clientes e meus próprios negócios para me entregar à contemplação dos mistérios que eu outrora havia visto e que, no entanto, não podia compartilhar com ninguém, e a cada dia eu considerava mais difícil reproduzir aquilo mesmo em minha visão mental.

Um dia, cerca de onze meses depois de meu retorno da Espaçolândia, tentei ver um Cubo com meu olho fechado, mas não consegui; e embora mais tarde tenha conseguido, eu ainda não tinha certeza (nem voltei a ter) de haver imaginado algo que equivalesse exatamente ao original. Isso me deixou mais triste do que antes e determinado a tomar alguma medida; no entanto, eu não sabia qual. Eu sentia que seria capaz de oferecer minha própria vida em sacrifício pela Causa se com isso conseguisse convencer as pessoas. Mas se eu não era capaz de convencer meu Neto, como poderia convencer os mais elevados e mais desenvolvidos Círculos do país?

Ainda assim, por vezes meu espírito era forte demais e acabei dando vazão a afirmações perigosas. Eu já era considerado heterodoxo, se não um traidor, e tinha plena consciência dos perigos de minha posição; contudo, às vezes era impossível não fazer afirmações suspeitas e que beiravam a sedição, mesmo em meio à mais alta sociedade Poligonal e Circular. Quando, por exemplo, surgiu a questão sobre o tratamento dos lunáticos que diziam ter recebido o poder de ver o interior das coisas, eu citava o dito de um antigo Círculo, declarando que profetas e pessoas inspiradas são sempre considerados loucos pela maioria. E por vezes eu não tinha como evitar o uso de expressões como "o olho que discerne o interior das coisas" e "a terra que tudo vê"; uma ou duas vezes até deixei escapar as palavras proibidas "a Terceira e a Quarta Dimensões". Por fim, para completar uma série de indiscrições menores, numa reunião de nossa Sociedade Especulativa Local, realizada na casa do próprio Prefeito – algumas pessoas extremamente tolas que haviam lido um artigo complexo que exibia as razões precisas pelas quais a Providência limitara o número de Dimensões a Duas e que levavam o atributo da onividência a ser exclusivo do Supremo –, eu me descuidei a ponto de fazer um relato exato de toda a minha viagem com a Esfera rumo ao Espaço e ao Auditório da Assembleia em nossa Metrópole, e depois novamente para o Espaço, e de minha volta para casa, e de tudo que tinha visto e ouvido, na realidade ou por meio de visões. De início, na verdade, fingi estar descrevendo as experiências imaginárias de uma pessoa fictícia; porém meu entusiasmo logo me forçou a deixar de lado qualquer disfarce. Por fim, em uma acalorada peroração, exortei todos os que me ouviam a se livrarem de seus preconceitos e a se tornarem crentes da Terceira Dimensão.

Será preciso dizer que fui imediatamente detido e levado ao Conselho?

Na manhã seguinte, no mesmo lugar em que pouquíssimos meses antes a Esfera havia estado em minha companhia, tive permissão para começar e continuar minha narrativa sem ser questionado nem interrompido. Mas desde o princípio antevi meu destino; pois o Presidente, notando que uma guarda composta por policiais da melhor extração estava presente, com angularidade pouco abaixo de 55°, ordenou que eles fossem dispensados antes que eu começasse a minha defesa e substituídos por uma classe inferior de 2° ou 3°. Eu sabia muito bem o que isso significava. Eu seria executado ou preso, e a minha história deveria ser mantida em sigilo do mundo, pela destruição subsequente dos policiais que a ouvissem. Sendo esse o caso, o Presidente desejava substituir as vítimas mais caras por outras mais baratas.

Depois de eu ter concluído a minha defesa, o Presidente, talvez percebendo que alguns dos Círculos mais jovens tinham sido tocados por minha evidente sinceridade, fez-me duas perguntas:

1. Se eu poderia indicar a direção a que eu me referia ao usar as palavras "Para Cima, e não para o Norte".
2. Se eu poderia pelo uso de diagramas ou descrições (que não fossem a enumeração de lados e ângulos imaginários) indicar a Figura que me aprouvera designar como Cubo.

Declarei que não poderia dizer mais nada, e que deveria manter meu compromisso com a Verdade, cuja causa certamente acabaria prevalecendo.

O Presidente respondeu concordar com meu sentimento, e que também achava que eu não podia fazer melhor do que aquilo. Eu devia ser condenado à prisão perpétua; porém caso fosse intenção da Verdade que eu saísse da prisão para evangelizar o mundo, devia-se confiar que a Verdade faria isso acontecer. Enquanto isso, eu não deveria ser submetido a nenhum desconforto além dos necessários para evitar uma fuga e, a não ser que perdesse o privilégio por mau comportamento, eu deveria ter permissão para me encontrar de vez em quando com meu irmão, que me precedera na cadeia.

Sete anos se passaram e continuo sendo um prisioneiro, e – excetuando as visitas de meu irmão – sigo privado de qualquer companhia além de meus carcereiros. Meu irmão é um dos melhores Quadrados, justo, sensato, alegre e tem lá seu afeto fraterno; e, no entanto, devo confessar que nossos encontros semanais, pelo menos em um aspecto, causam a mim a mais amarga dor. Ele estava presente quando a Esfera se deixou ver na Câmara do Conselho; ele viu as seções diferentes da Esfera; ouviu a explicação do fenômeno dada então aos Círculos. Desde aquele momento, mal se passou uma semana durante esses sete anos sem que ouvisse de mim uma repetição do papel que desempenhei naquela manifestação, junto com amplas descrições de todos os fenômenos da Espaçolândia, e com os argumentos em favor da existência de coisas Sólidas deriváveis por Analogia. E, no entanto – sinto vergonha em ser obrigado a confessá-lo –, meu irmão ainda não compreendeu a natureza da Terceira Dimensão e expressa com franqueza sua descrença na existência de uma Esfera.

Portanto encontro-me absolutamente privado de convertidos e, até onde posso ver, a Revelação do milênio foi-me feita a troco de nada. O Prometeu da Espaçolândia devia levar o fogo para os mortais, mas eu – pobre Prometeu da Planolândia – estou aqui na prisão por trazer nada a meus conterrâneos. No entanto, existo na esperança de que estas memórias, de alguma maneira, que não sei qual seja, possam encontrar seu caminho para as mentes da humanidade em Alguma Dimensão, e que possam criar uma raça de rebeldes que se recusarão a ser confinados a uma Dimensionalidade limitada.

Essa é a esperança de meus momentos mais brilhantes. Ai de mim, nem sempre é assim. Por vezes é pesado o fardo da ideia de que não posso dizer com honestidade que não tenho certeza da forma do Cubo que em determinado momento vi e que tanto lamento; e em minhas visões noturnas o misterioso preceito "Para

Cima, e não para o Norte" assombra-me como uma Esfinge devoradora de almas. É parte do martírio que suporto pela causa da Verdade que haja épocas de fraqueza mental, quando Cubos e Esferas se tornam algo cuja existência é quase impossível; em que a Terra das Três Dimensões parece quase tanto uma visão quanto a Terra de Uma Dimensão ou a Terra de Nenhuma Dimensão; não, épocas em que até essa dura parede que retira minha liberdade, essas mesmas tábuas onde escrevo e até todas as realidades substantivas da Planolândia não me parecem melhores do que o fruto de uma imaginação doentia ou do que a trama sem base de um sonho.

Um romance de muitas dimensões:
da sátira aos costumes à matemática

Ana Rüsche

Publicado de forma anônima em 1884, *Planolândia*, uma crítica à mentalidade dominante na Era Vitoriana, retrata a mente estreita dos representantes das classes altas, em especial dos que buscam ascensão social. Na alegoria satírica, a sociedade se divide em Pontos, Linhas, Triângulos, Quadrados, Polígonos e Círculos – figuras geométricas com diferentes privilégios, distribuídos conforme o número de ângulos –, pertencendo o narrador Quadrado à "Classe dos Advogados". A obra aponta o autoritarismo das relações em diferentes instâncias: no âmbito familiar, com controles rígidos a papéis de gênero; no governo aristocrático, o qual cria abusos para se manter no poder e reprimir populares; na eugenia, ostracizando pessoas com traços físicos diferentes ou pertencentes a classes empobrecidas; no controle da ciência, impedindo o progresso do livre-pensar; e, como não poderia ser diferente, na religião, impondo penas severas a quem divergir do credo padrão.

Não admira que o autor, o inglês Edwin Abbott Abbott (1838–1926), não tenha assinado a obra nas primeiras edições. A primeira delas foi lançada em novembro de 1884, pela Seeley & Co, e seguiu-se de outra em dezembro do mesmo ano, dessa vez com um capítulo extra: o "Prefácio à segunda edição revisada", assinado pelo personagem fictício "o Editor", pertencente à Espaçolândia. No período de lançamento, o livro foi alvo de muitos comentários por seu conteúdo provocativo. Somente em 1926, ano de falecimento do autor, então octogenário, seu nome verdadeiro estampou a capa da edição de Basil Blackwell. Essa terceira edição recebeu um novo olhar do público leitor, mais generoso – a discussão científica na literatura então se popularizava, graças ao sucesso editorial de romances de Júlio Verne e H. G. Wells (em cujo *A máquina do tempo* se utilizava da Quarta Dimensão), assim como ao Prêmio Nobel de Albert Einstein em 1921.

O romance é narrado em primeira pessoa por um habitante da Planolândia, sociedade autoritária de visão estreita. Assinando com A. *Square* – na tradução de Rogerio Galindo, "Autor, um quadrado", o protagonista pertence à Classe dos Advogados e faz o papel de Historiador, embora esteja, geralmente, professando uma versão oficial sobre o regime. Mesmo depois de passar por uma experiência espiritual impressionante, a visita à Espaçolândia, não revisita muito de seus preconceitos de classe, gênero e classificação geométrica, embora tenha visto que há muito mais coisas no céu e na terra do que admitem as filosofias da Terra Plana.

O sistema da Planolândia faz várias vítimas oprimidas. A narrativa salienta a importância da mensuração corporal, em graus de vértices e centímetros, e a ojeriza absoluta à "irregularidade", ecoando um cientificismo comum à época, como as teorias higienistas de Cesare Lombroso. Algo, entretanto, que é digno de nota são as menções a diferentes rebeliões de Isósceles, triângulos explorados pelo sistema, e mesmo de Mulheres, "nada menos de cento e vinte rebeliões estão registradas em nossos anais, além de insurreições menores que chegam a duzentas e trinta e cinco".

O livro demonstra, inclusive, o mecanismo governamental autoritário para distorcer e apagar a verdade sobre a possibilidade de outras dimensões – uma antecipação digna do Ministério da Verdade, órgão fictício do clássico de George Orwell, *1984*, responsável pela deturpação sistemática da narrativa histórica. Desse modo, *Planolândia: Um romance de muitas dimensões* dialoga, de forma bem sintomática, com os tempos atuais, quando o ataque ao pensamento científico e o endosso da circulação de *fake news* são feitos pelas próprias lideranças governamentais. Afinal, afirmar hoje que a Terra é redonda deixou de ser mera platitude.

A distopia geométrica e um narrador conformado

A estratégia de narração de *Planolândia*, colando o ponto de vista do livro a um homem literalmente quadrado, produz desconforto: se até hoje Capitu é julgada pelo suposto adultério contra Bentinho (avaliamos a obra machadiana a partir da versão a que temos acesso, a do acusador que, aliás, também é advogado), embarcar na versão do narrador pouco confiável é algo que poderá ocorrer – e o autor não nos poupa dos detalhes sórdidos do machismo da sociedade da Planolândia. Mesmo que a primeira linha do prefácio já indique que o narrador não goze mais do vigor mental de antes, o que se segue é uma descrição brutal de um sistema político sexista e eugênico.

O romance busca criticar o regime fictício, estabelecendo normas ridículas, cuja verossimilhança é facilmente identificável no mundo de carne e osso. Um exemplo é a questão de boa educação para "indivíduos robustos do Sexo Masculino", que devem oferecer à "Dama na rua" sempre o lado Norte do caminho – etiqueta semelhante à professada na brasileira *Revista Globo* nos anos de 1940: "A regra é tão antiga quanto atual: o cavalheiro reserva sempre o 'lado de dentro' para a moça, no sentido de protegê-la. Proteção talvez excessiva, mas de bom tom".*

Ainda, a mentalidade plana oferece regras absurdas ao sexo feminino, as "Leis referentes às Mulheres", normas que se justificam pela "Natureza" (entenda-se, a ideologia do regime) para cercear essa população. "Nenhuma Fêmea deve andar em lugares públicos sem emitir seu Sinal-de-Paz, estando sujeita à pena de morte em caso de desrespeito" soa semelhante à saudação obrigatória *"Blessed Be the Fruit"* ("abençoado seja o fruto"), tão repetida na série *The Handmaid's Tale* da Hulu, criada por Bruce Miller e estrelada por Elisabeth Moss (2017).

Ao contrário das distopias feministas contemporâneas, a exemplo d'*O conto da Aia*, de Margaret Atwood (1985), inspiração da série televisiva citada, a estratégia narrativa de Abbott apresenta um narrador que adere ao ponto de vista do governo distópico da Planolândia.

▪

* Reportagem GZH, *Veja quais eram as recomendações de etiqueta para homens e mulheres na década de 1940*, https://gauchazh.clicrbs.com.br/cultura-e-lazer/almanaque/noticia/2019/08/veja-quais-eram-as--recomendacoes-de-etiqueta-para-homens-e-mulheres-na-deca-da-de-1940-cjz4lon3x017501pamfnmvxqn.html

Não somente adere, mas se mostra servil e respeitoso. É realmente difícil crer que homens poderiam professar tamanhas ofensas contra metade da população, incluindo suas filhas e companheiras. Entretanto, em épocas de Terraplanismo e ascensão conservadora, sabe-se que tais absurdos poderiam tranquilamente circular no WhatsApp e nos posts de redes sociais oficiais de lideranças governamentais.

Somente quando o protagonista passa de advogado do regime à vítima, com a punição ao livre-pensar, é que passa a refletir sobre algumas das injustiças do regime da Planolândia. A cereja do bolo é o comportamento de seu irmão, Escriturário do Alto Conselho – para salvar as próprias arestas, prefere mentir e ignorar o familiar em desgraça.

Para evitar a interpretação plana do romance, é importante ressaltar que a estratégia do narrador pouco confiável de Edwin Abbott Abbott possui um limite crítico: seu tempo histórico, a mentalidade de um homem inglês na Era Vitoriana.

Um exemplo é a insistência na binaridade de gênero, sugerindo uma estratificação geométrica para diferenciar corpos socialmente designados como femininos e masculinos – "as Mulheres são todas Linhas Retas", enquanto os "Machos" apresentariam formas com ângulos, com exceção de alguns Sacerdotes circulares. Na Era Vitoriana, a moda sublinhava a silhueta curva do considerado feminino, com espartilhos de barbatanas apertadas e armações de crinolina, essas extremamente inflamáveis (calcula-se que cerca de três mil mulheres tenham falecido em incêndios de crinolina na Inglaterra do final da década de 1850 até o final da de 1860, segundo o Museu Nacional da Escócia).* A descrição de Abbott reforça o estigma corporal, mesmo na dimensão "superior" da Espaçolândia.

Tendo isso em vista, é possível observar o escritor ironizando o discurso de fatos em que não acreditava sobre mulheres em seu tempo. O primeiro refere-se à educação, pois Abbott professava a favor da ampliação educacional feminina. O segundo é zombar de comportamentos típicos masculinos – para desapontamento do narrador Quadrado, mostrar mais piedade e amor, características atribuídas às Mulheres na narrativa, estariam mais próximas ao divino. Em se tratando de um clérigo, nada poderia ser mais importante.

Ficção matemática: o escritor entre a ciência e a religião

Se Edwin Abbott Abbott desejou, por muitos anos, não ter seu nome estampado na capa de sua obra mais famosa, *Planolândia*, o livro é um perfeito resumo de sua trajetória como intelectual. Uma das características do seu pensamento residiu na busca por amalgamar a questão religiosa ao pensamento racional. Apaixonado pela matemática e pela física, obrigava-se a acompanhar as descobertas científicas em periódicos especializados, estudar com

---

* National Museum of Scotland. *Crinolinemania, Victorian Fashion goes to extremes*. In Mashable, https://mashable.com/2015/06/21/crinolinemania-victorian-fashion/?utm_cid=mash-com-fb-main-link.

afinco teorias históricas, reconhecendo a verdade científica, a exemplo do trabalho do matemático e escritor de ficção científica Charles Howard Hinton, autor do artigo *What is the Fourth Dimension?* (1880, *O que seria a Quarta Dimensão?*, em tradução livre). A geometria, à época, era considerada a "rainha das ciências", com cientistas propondo outros modelos, para além da teoria euclidiana, desde o início do século XIX, como o alemão Carl Friedrich Gauss, o russo Nikolai Lobachevsky e o húngaro János Bolyai.

Planolândia, esse romance de ficção científica, é tão lido e celebrado hoje por seus feitos imaginativos como pelo aspecto didático. Tendo como pressuposto discutir o modelo euclidiano, irá adiante, apontando que se não enxergamos outras dimensões, talvez seja mais por uma incapacidade humana, logrando sugerir ainda a existência da Quarta Dimensão. Embora Lewis Carroll seja bastante mencionado em estudos sobre *Planolândia* (notadamente ao construir personagens despóticos e irrelevantes), o uso do pensamento matemático em *Alice no país das maravilhas* (1865) e *Alice através do espelho* (1871) é feito de maneira a criar jogos de lógica – Abbott preferiu criar mais uma parábola alegórica sobre sua época.

Utiliza-se de um desenho narrativo comum ao satírico irlandês Jonathan Swift: da mesma maneira que, em *Viagens de Gulliver* (1726), o protagonista é um orgulhoso aventureiro que malogra diversas vezes, sendo contrastado com realidades brutalmente diferentes, em *Planolândia*, o narrador por um chamado mais alto é instigado a mudar, literalmente, sua visão de mundo – de Pontos, "gafanhotos liliputianos", a Esferas. Valendo-se da proposição platônica, a descoberta de um mundo superior que não pode ser compartilhado pela visão estreita de governantes, imiscuído ao vocabulário teológico, a pregação do Evangelho das Três Dimensões, Abbott consegue mostrar, em poucas páginas, um sistema didático impressionante para discussão de formas geométricas e propriedades físicas.

Por meio do contraste entre diferentes planos geométricos, o escritor inglês consegue aliar seus dois interesses centrais, a ciência e a religião, em um estratagema resolvido pela capacidade de imaginar. A especialista Rosemary Jann considera que "a chave para resolver esse dilema entre ciência e pensamento religioso residiu no uso da imaginação, a mesma faculdade que permitiu ao narrador Quadrado escapar de suas próprias percepções limitantes e reconhecer a possibilidade de existência de realidades superiores" (Introdução à edição Oxford World's Classics, 2006). Assim, Abbott traz uma moral bastante útil aos dias de hoje, contrária à visão estreita e à censura ao desenvolvimento do livre-pensar.

Em sua trajetória, o filho de um diretor de escola tornou-se um aluno com notas altas, principalmente em clássicos, matemática e teologia, ciências que viriam a inspirar suas obras literárias anos mais tarde. Frequentou a City of London School e depois o St John's College, Universidade de Cambridge, onde recebeu o hoje prestigioso Prêmio Smith em reconhecimento ao talento do jovem nas áreas de física e matemática. Não nos espanta, assim, que Abbott tenha escrito uma obra tendo a geometria como tema central.

Precoce, aos 26 anos tornou-se diretor da City of London, na qual insere literatura inglesa e ciência ao currículo, e participou de atos para ampliação do acesso a mulheres no ensino superior. Escreveu livros didáticos a exemplo de A shakespearean grammar: An attempt to illustrate some of the differences between elizabethan and modern English (1870, *Gramática shakespeariana: uma tentativa de apontar diferenças entre o inglês elisabetano e o moderno*, em tradução livre), com glossário e comentários históricos sobre as peças, procurando tornar o Bardo mais acessível a estudantes – a obra tornou-se referência em escolas. Assim, ao publicar *Planolândia*, Abbott já era um escritor experiente, com trânsito em editoras. Na verve didática, ainda escreveu *Via latina: A first Latin book* (1880, *Via Latina: uma introdução ao latim*, em tradução livre) e *How to write clearly* (1891, *Como escrever com clareza*, em tradução livre), um livro hoje clássico sobre regras e exercícios de redação.

A teologia ocupa também um lugar central na produção de Edwin Abbott Abbott. Foi clérigo, ordenando-se em 1862, à época, uma vocação bastante compatível com a educacional. Como padre anglicano, apresentava uma visão bastante generosa a respeito do cristianismo. Mesmo tendo índole moderada, em determinado episódio, foi acusado de incitar "pobres contra ricos" em sermão na Abadia de Westminster. Embora sua obra teológica seja profícua e extensa, é este livro, *Planolândia*, o seu mais celebrado hoje.

O romance inspirou muitas outras obras, entre filmes e livros de ficção científica, sendo os mais mencionados o romance *The Planiverse* (1984, *O Planiverso*, em tradução livre), de A. K. Dewdney, e a animação de curta-metragem *Flatland: The movie*, (*Planolândia, o filme*, em tradução livre, dir. Dano Johnson, 2007) com as vozes de Martin Sheen, Kristen Bell e Tony Hale, fora a menção ao livro na série *The Big Bang Theory* (temporada 3, episódio 12, *The Psychic Vortex*).

Com suas perguntas a respeito do que é lógico, o que é natural e o que é o real, *Planolândia* traz uma crítica ao autoritarismo e ao pensamento único, devolvendo-nos, mais uma vez, a necessidade de produzirmos ciência sem esquecer da força maior que move o Sol e as outras estrelas.

* Ana Rüsche é doutora em Estudos Linguísticos e Literários em Inglês pela Universidade de São Paulo. Escritora, seu último livro é *A telepatia são os outros* (Monomito, 2019), vencedor do Prêmio Odisseia de Literatura Fantástica e finalista do Prêmio Jabuti.

Sobre o autor

Edwin Abbott Abbott (1838-1926) foi educador e teólogo. Graduado no St. John's College, Cambridge, publicou livros didáticos de gramática e retórica, bem como estudos da vida e da obra de Francis Bacon. Como padre anglicano ordenado, adotou uma abordagem liberal, evidenciada em suas visões educacionais e em seus livros, que o levou a conflito com pensadores mais conservadores. *Planolândia*, romance audacioso que lhe rendeu a fama, foi publicado anonimamente em 1884 e reúne fãs até hoje.

Este livro foi composto com as famílias tipográficas
Eskorte Latin e Dystopian. Impresso para a Tordesilhas Livros em 2021.